编著

绘画 绘

唐宋八大家不用背

一读就懂 一学就会

光明日报出版社

图书在版编目（CIP）数据

唐宋八大家不用背 / 文小通编著；中采绘画绘. --
北京：光明日报出版社，2025.7. -- (一读就懂一学就
会). -- ISBN 978-7-5194-8815-4

Ⅰ. I207.62-49

中国国家版本馆 CIP 数据核字第 20256Q8Y15 号

唐宋八大家不用背

TANG SONG BA DAJIA BUYONG BEI

编　　著：文小通		绘　　者：中采绘画	
责任编辑：孙　展		责任校对：徐　蔚	
特约编辑：张春艳		责任印制：曹　净	
封面设计：刘　旭			

出版发行：光明日报出版社

地　　址：北京市西城区永安路 106 号，100050

电　　话：010-63169890（咨询），010-63131930（邮购）

传　　真：010-63131930

网　　址：http://book.gmw.cn

E - mail：gmrbcbs@gmw.cn

法律顾问：北京市兰台律师事务所龚柳方律师

印　　刷：天津裕同印刷有限公司

装　　订：天津裕同印刷有限公司

本书如有破损、缺页、装订错误，请与本社联系调换，电话：010-63131930

开　　本：170mm×240mm　　　　　　　　　　　印　　张：17

字　　数：350 千字

版　　次：2025 年 7 月第 1 版

印　　次：2025 年 7 月第 1 次印刷

书　　号：ISBN 978-7-5194-8815-4

定　　价：58.00 元

韩愈

敢于逆龙鳞的一代文豪

柳宗元

从贵族青年到孤勇者

欧阳修

从朝堂之争到《醉翁亭记》

苏洵

中年发奋，大器晚成

苏轼

一个被才华耽误的美食家

苏辙

千载高安客，游弋于经史之间

王安石

文坛的清流，改革的大将

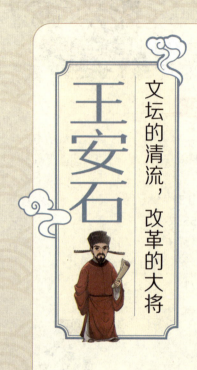

曾巩

耕读乡野、名满天下的「透明人」

韩愈

敢于逆龙鳞的一代文豪

"唐宋八大家"之首
亦有"文章巨公"和"百代文宗"之名

写散文的绝顶高手；后人眼中的大文豪，称赞他"文起八代之衰"

考运不佳，连考四次才进士及第

"开古文运动之先河"

敢跟皇帝对着干——谏迎佛骨

屡遭贬谪，却不忘初衷

与柳宗元并称"韩柳"，与柳宗元、欧阳修和苏轼合称"千古文章四大家"

人物介绍

韩愈（768—824年），字退之，自称"郡望昌黎"，世称"韩昌黎""昌黎先生"。
河南河阳（今河南省孟州市）人，一说怀州修武（今河南省修武县）人。
主要身份：唐代文学家、思想家、哲学家、政治家、教育家
主要擅长：诗、词、散文
主要作品：《昌黎先生集》
主要成就：开古文运动之先河；文章、诗歌作品繁多，现存诗文七百余篇，其中散文近四百篇。

韩愈

呱呱坠地

◎ **768 年**

韩愈出生，祖辈世代为官，父亲韩仲卿时任秘书郎。出生月余，母亲不幸去世。

◎ **770 年**

年仅三岁，父亲去世，由兄长韩会及嫂嫂郑氏抚养。

三次落榜

苍天啊，让我考中吧！

◎ **777 年**

哥哥韩会去世，随嫂嫂避居宣州，家道中落。

◎ **787—789 年**

三次参加科举考试都失败了。屡战屡败的韩愈却毫不气馁。

◎ **792 年**

第四次参加进士考试，终于登进士第，然此后三次试吏部博学宏词皆未中。

就知道我一定可以的！

厉害！

壮气起胸中！

太棒了！

荣登进士

◎ 796 年

受宣武节度使董晋推荐出任观察推官，开启从政生涯。这期间，极力宣传自己对散文革新的主张。

◎ 812 年

复任国子博士，认为自己才学高深，却屡次遭贬斥，便创作《进学解》来自喻。宰相看后，很同情韩愈，于是推荐韩愈为比部郎中、史馆修撰，修撰《顺宗实录》。

◎ 803 年

晋升为监察御史。当时关中大旱，饿殍遍野，京兆尹李实隐瞒灾情。韩愈怒上《御史台上论天旱人饥状》，反遭逸害，贬为连州阳山县令。

◎ 819 年

唐宪宗派使者前往凤翔迎佛骨，韩愈冒死上书《谏迎佛骨表》极力劝谏，认为供奉佛骨实在劳民伤财。宪宗览奏后大怒，将他贬为潮州刺史。

◎ 820 年

　　在袁州任刺史，禁止当地买人为奴的风俗。唐穆宗即位，召韩愈入朝任国子祭酒。同年冬，韩愈回到长安。

◎ 821 年

　　转任兵部侍郎。次年（822 年），镇州发生兵变，韩愈为宣慰使，前往镇州，以理服人，平息了叛乱。

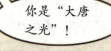

◎ 824 年

　　病逝于长安，世称"韩文公"。

孔庙内

◎ 宋神宗元丰元年（1078 年）

　　追封韩愈为昌黎伯，并准其从祀孔庙。

师说

古之学者①必有师。师者，所以②传道受业解惑也。人非生而知之③者，孰能无惑？惑而不从师，其为惑也，终不解矣。生乎吾前，其闻道也固先乎吾，吾从而师④之；生乎吾后，其闻道也亦先乎吾，吾从而师之。吾师道也⑤，夫庸⑥知其年之先后生于吾乎？是故无⑦贵无贱，无长无少，道之所存，师之所存也。

嗟乎！师道⑧之不传也久矣！欲人之无惑也难矣！古之圣人，其出人⑨也远矣，犹且从师而问焉；今之众人，其下⑩圣人也亦远矣，而耻学于师⑪。是故圣益圣，愚益愚，圣人之所以为圣，愚人之所以为愚，其皆出于此乎？爱其子，择师而教之；于其身也，则耻师焉，惑矣。彼童子之师，授之书而习其句读⑫者，非吾所谓传其道解其惑者也。句读之不知，惑之不解，或师焉，或不⑬焉，小学而大遗⑭，吾未见其明也。巫医乐师百工之人，不耻相师。士大夫之族，曰师曰弟子云者，则群聚而笑之。问之，则曰："彼与彼年相若也，道相似也，位卑则足羞，官盛则近谀⑮。"呜呼！师道之不复，可知矣！巫医乐师百工之人，君子不齿，今其智乃⑯反不能及，

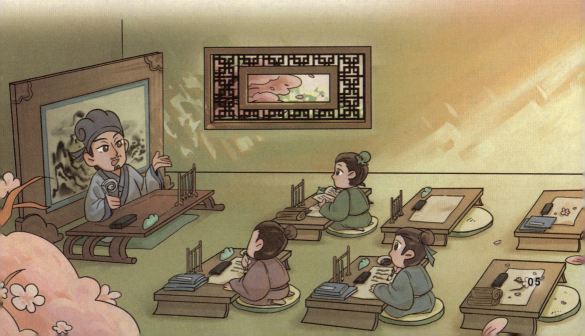

其可怪也欤^⑰！

圣人无常师。孔子师郯子^⑱、苌弘^⑲、师襄^⑳、老聃^㉑。郯子之徒，其贤不及孔子。孔子曰："三人行，则必有我师。"是故弟子不必不如师，师不必贤于弟子，闻道有先后，术业有专攻，如是而已。

李氏子蟠，年十七，好古文，六艺经传皆通习之，不拘于时，学于余。余嘉其能行古道，作《师说》以贻之。

题解

《师说》大约是作者于贞元十八年（802年），在京任国子监四门博士时所作。作者到国子监上任后，发现科场黑暗，朝政腐败，吏治弊端重重，当时的上层社会无须依靠科举考试而入仕，所以看不起教书之人。在士大夫阶层中存在着既不愿求师，又"羞于为师"的观念。作者借用回答李蟠的提问撰写这篇文章，以澄清人们在"求师"和"为师"上的模糊认识。

字词直通车

❶ 学者：求学的人。 ❷ 所以：用来……的。 ❸ 之：指知识和道理。 ❹ 师：意动用法，以……为师。 ❺ 吾师道也：我（是向他）学习道理。 ❻ 庸：发语词，难道。 ❼ 无：无论、不分。 ❽ 师道：从师的传统。 ❾ 出人：超出一般人。 ❿ 下：不如，名词作动词。 ⓫ 耻学于师：以向老师学习为耻。耻：以……为耻。 ⓬ 句读：也叫句逗，古人指文辞休止和停顿处。 ⓭ 不（fǒu）：通"否"。 ⓮ 遗：丢弃，放弃。 ⓯ 谀（yú）：谄媚。 ⓰ 乃：竟，竟然。 ⓱ 欤（yú）：语气词，表感叹。 ⓲ 郯（tán）子：春秋时郯国的国君。 ⓳ 苌（cháng）弘：东周敬王时候的大夫。 ⓴ 师襄（xiāng）：春秋时鲁国的乐官。 ㉑ 老聃（dān）：即老子。

古代求学的人必定有老师。老师，是用来传授道理、教授学业、解释疑难问题的。人不是一生下来就懂得道理的，谁能没有疑惑？有了疑惑如果不跟老师学习，他所存在的疑惑就始终不能解开。出生在我之前的人，他懂得道理本来就比我早，我跟从他学习，以他为老师；出生在我之后的人，如果他懂得道理也比我早，我也跟从他，以他为老师。我是向他学习道理，哪里去考虑他的年龄比我大还是比我小呢？因此，不分地位高低贵贱，不分年纪大小，道理存在的地方，就是老师所在的地方。

唉！古代从师学习的传统不流传已经很久了，想要人没有疑惑太难了！古代的圣人他们超出一般人很远，尚且要跟从老师请教；现在的普通人，他们才智不及圣人也很远，却以向老师学习为耻。因此，圣人更加圣明，愚人更加愚昧。圣人成为圣人的原因，愚人成为愚人的原因，大概就是出于这个缘故吧？爱自己的孩子，选择老师来教他。但是对于他自己，却以跟从老师学习为可耻。这的确令人大惑不解啊！那些教小孩子的（启蒙）老师，教他读书，学习书中的文句的停顿，并不是我所说的传授道理、解答疑难问题的老师。读书不能断句，有疑惑解决不了，有的向老师学习，有的不向老师学习，小的方面要学习，

大的方面却放弃了，我没有看到他的明达。巫医、乐师、各种工匠这些人，不以互相学习为耻；士大夫这一类人，听到称"老师"称"弟子"的人，就聚在一起嘲笑他们。问他们为什么这样，就说："他和他年龄差不多，懂得的道理也差不多。（以）地位低（的人为师），就觉得羞耻，（以）官职高（的人为师），就近乎谄媚了。"唉！求师的风尚难以恢复由此便可以知道了！巫医、乐师、各种工匠这些人，君子不屑一提，现在他们的智慧竟然反而比不上这些人了，这真是奇怪啊！

圣人没有固定的老师，孔子曾向郯子、苌弘、师襄、老聃请教过。郯子这些人的贤能都比不上孔子。孔子说："三人同行，其中一定有可以当我老师的人。"因此学生不一定不如老师，老师也不一定比学生贤能；懂得道理有早有晚，学问技艺各有专长，不过如此罢了。

李家的孩子蟠，今年十七岁，喜欢古文，六经的经文和传文都普遍地学习了，不受世俗的拘束，来向我学习。我赞许他能够遵循古人从师的途径，写这篇《师说》来赠给他。

知识小百科

孔子为什么被称为"万世师表"？

中国历史上，只有一个人堪称"万世师表"，那就是韩愈在《师说》中提到的孔子。

"走，打猎去！"

"这个字我还没有学会呢。"

遥远的古代，在氏族制度下，氏族中的首领、长老兼任教师，从事教育工作，而统治者为了保证政策的推行，教育与政治相结合，就是所谓的政教不分、官师合一的制度。

孔子改变了这种贵族专享的教育模式，创立了私学，创立了独立的学校系统和推动教师行业独立，提出"有教无类"的主张。

"大家都平等，穷人的孩子也能来上学。"

孔子的教育理念为各地普通民众的入学打开了方便之门。他的弟子来自五湖四海，又贯穿了各个阶级——有鲁国的，也有别的国家的；有贵族，也有平民；有富人子贡，也有穷人颜回。孔子打破了学习上的等级制度，为教育的普及立下了不世之功。

"拿去，传给子孙们。"

"感谢老师！"

作为老师的孔子，整理和留存了大量的文化古籍，编订了不少文献，作为教学的教材，即《诗》《书》《易》《乐》《礼》《春秋》。这些书籍为后世的教育事业奠定了深厚的基础。孔子因此也被称为"万世师表"，其至今还有着巨大影响力。

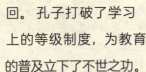

进学解（节选）

　　国子先生[1]晨入太学，招诸生立馆下，诲之曰："业精于勤，荒于嬉；行成于思，毁于随[2]。方今圣贤相逢，治具[3]毕张。拔去凶邪，登崇畯良。占小善者率以录，名一艺者无不庸。爬罗剔抉[4]，刮垢磨光。盖有幸而获选，孰云多而不扬？诸生业患不能精，无患有司[5]之不明；行患不能成，无患有司之不公。"

　　言未既，有笑于列者曰："先生欺余哉！弟子事先生，于兹有年矣。先生口不绝吟于六艺[6]之文，手不停披于百家之编。纪事者必提其要，纂言者必钩其玄。贪多务得，细大不捐。焚膏油[7]以继晷，恒兀兀以穷年。先生之业，可谓勤矣。抵排异端[8]，攘斥佛老，补苴[9]罅漏，张皇幽眇。寻坠绪[10]之茫茫，独旁搜而远绍。障百川而东之，回狂澜于既倒。先生之于儒，可谓有劳矣。沉浸酞郁，含英咀华[11]，作为文章，其书满家。上规姚姒[12]，浑浑无涯；周诰、殷《盘》，佶屈聱牙；《春秋》谨严，《左氏》浮夸；《易》奇而法，《诗》正而葩；下逮《庄》《骚》，太史所录，子云、相如，同工异曲。先生之于文，可谓闳其中而肆其外矣。少始知学，勇于敢为；长通于方，左右具宜。先生之于为人，可谓成矣。……"

题解

　　《进学解》是韩愈于元和七年（812年）创作的一篇古文。当时韩愈在长安任国子学博士，教授生徒。进学，意谓勉励生徒刻苦学习，求取进步。解，解说，分析。全文假托先生劝学、生徒质问、先生再予解答，故名《进学解》；实际上是感叹怀才不遇、自抒内心苦闷之作。

字词直通车

　　❶ 国子先生：韩愈自称，当时他任国子博士。❷ 随：因循随俗。❸ 治具：指法令。❹ 爬罗剔抉：意指仔细搜罗人才。❺ 有司：负有专责的部门及其官吏。❻ 六艺：指儒家六经，即《诗》《书》《礼》《乐》《易》《春秋》。❼ 膏油：油脂，指灯烛。❽ 异端：儒家称儒家以外的学说、学派为异端。❾ 补苴（jū）：苴，鞋底中垫的草，这里作动词用，是填补的意思。❿ 绪：前人留下的事业，这里指儒家的道统。⓫ 英、华：指文章中的精华。⓬ 姚姒（sì）：相传虞舜姓姚，夏禹姓姒。

译文

　　国子先生早上走进太学，召集学生们站立在学舍下面，教导他们说："学业由于勤奋而专精，由于玩乐而荒废；德行由于独立思考而有所成就，由于因循随俗而败坏。当今圣君与贤臣相遇合，各种法律全部实施。除去凶恶奸邪之人，提拔优秀人才。具备一点优点的人全部被录取，拥有一种才艺的人没有不被任用的。选拔优秀人才，培养造就人才。只有才行不高的侥幸被选拔，绝无才行优秀者不蒙提举。诸位学生只需要担心学业不能精进，不需要担心主管部门官吏不够英明；只需要担心德行不能有所成就，不需要担心主管部门官吏不公正。"

　　话没有说完，有人在行列里笑道："先生在欺骗我们吧？我侍奉先生，到现在已经很多年了。先生嘴里不断地诵读六经的文章，两手不停地翻阅着诸子百家的书籍。对史书类典籍必定总结掌握其纲要，对论说类典籍必定探寻其深奥隐微之意。广泛学习，务求有所收获，不论是无关紧要的，还是意义重大的都不舍弃；夜以继日地学习，常常终年劳累。先生的学习可以说勤奋了。抵制、批驳异端邪说，排斥佛教与道家的学说，弥补儒学的缺漏，阐发精深微妙的义理。探寻那些久已失传的古代儒家学说，独自广泛地钻研和继承它们。拦截异端邪说就像防堵纵横奔流的各条川河，引导它们东注大海；挽救

同学们，开会啦！

12

儒家学说就像挽回已经倒下的宏大波澜。先生您对于儒家，可以说是有功劳了。心神沉浸在古代典籍的书香里，仔细地品尝咀嚼其中精华，写起文章来，书卷堆满了家屋。向上效法虞、夏时代的典章，深远博大得无边无际；周代的诰书和殷代的《盘庚》，多么艰涩拗口难读；《春秋》的语言精练准确，《左传》的文辞铺张夸饰；《易经》变化奇妙而有法则，《诗经》思想端正而辞采华美；往下一直到《庄子》《离骚》《史记》；扬雄、司马相如的创作，同样巧妙但曲调各异。先生的文章可以说是内容宏大而外表气势奔放，波澜壮阔。先生少年时代就开始懂得学习，敢于实践，长大之后精通礼法，举止行为都合适得体。先生做人，可以说是完美的了。……"

好问题！

老师，我有问题提问！

唐朝的教育

　　唐代的教育体系分为中央官学和地方官学两大类，最高教育管理机构为礼部。礼部主要负责颁定全国统一教材，确定中央官学学生的录取标准，指导官学的学校教育等。

　　中央官学分直系和旁系两大部分，直系的学校由国子监管辖，包括国子学、太学、四门学、律学、书学、算学，称为六学。天宝九载（750年）七月，唐玄宗因生徒流失导致国子监生源不足，又成立了广文馆，为科举落第的贡生提供备考场所，兼具"复读机构"性质。其中，国子学、太学、四门学属于大学性质的学校；律学、书学、算学则具有专业性较强的学校性质。

　　旁系学校包括直辖于东宫的崇文馆、直辖于门下省的弘文馆、直辖于太常寺太医署的医药学、直辖于太仆寺的兽医学、直辖于秘书省太史局的

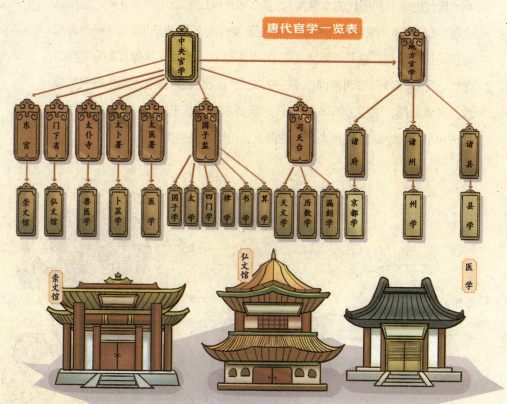

唐代官学一览表

天文学、历数学、
直辖于秘书省的
小学、直辖于尚书
省礼部的崇玄学（唐朝
兼重道佛，崇玄学为唐代
官办的道教学校，研习《道德
经》等），等等。

在学校的管理上，国子监设长官祭酒一人，司业二人，
此三人负责主持各学教学、训导及考试，各学再分设博士负责具体教学，
也有助教辅助教学，所有官学教师均有官员品级（比如祭酒为从四品，司
业为从四品下），由吏部考核录用。

在学校教学计划上，弘文馆、崇文馆、国子学、太学、四门学均以教
授儒家经典为主，具体来说包括正经与旁经两类。正经又分为大经（《礼
记》《左传》）、中经（包括《诗经》《周礼》《仪礼》）、小经（《易经》《尚
书》《春秋公羊传》等）；旁经有《孝经》《论语》等。

其中大经、中经为必修科目，小经为选修科目，旁经为公共必修科目，
大经修三年，中经修两年，小经修一年半，旁经修一年。

其余各类专科学校则除《孝经》《论语》等公共必修科目外，课程设置
更偏重于专业性，如算学要学习《九章》《五经算》等专业课程。

获麟解

　　麟[1]之为灵[2]，昭昭[3]也。咏于《诗》[4]，书于《春秋》，杂出于传记百家之书，虽妇人小子皆知其为祥[5]也。

　　然麟之为物，不畜[6]于家，不恒有[7]于天下。其为形也不类[8]，非若马、牛、犬、豕、豺、狼、麋[9]、鹿然。然则[10]虽有麟，不可知其为麟也。

17

角者吾知其为牛，鬣⑪者吾知其为马，犬、豕、豺、狼、麋、鹿，吾知其为犬、豕、豺、狼、麋、鹿。惟麟也，不可知。不可知，则其谓之不祥也亦宜。虽然，麟之出，必有圣人在乎位。麟为圣人出也。圣人者，必知麟，麟之果⑫不为不祥也。

又曰："麟之所以为麟者，以德不以形。"若麟之出不待圣人，则谓之不祥也亦宜。

题解

《获麟解》中作者以麟自喻，表达了自己在仕途中的坎坷和怀才不遇的苦闷心情，运用托物起兴和欲抑先扬的写作手法，论证了抓住"祥"与"不祥"、"知"与"不知"的辩证关系，揭露了当时人才选拔制度的弊端。

字词直通车

❶麟：麒麟（qílín），古代传说中的一种动物，状如鹿，牛尾，狼额，马蹄，五彩腹。其性柔和，古人把它当作仁兽，作为吉祥的象征。❷灵：灵异，神奇之物。❸昭昭：明白。❹《诗》：即《诗经》，我国最早的诗歌总集，其中有《周南·麟之趾》篇。❺祥：祥瑞。❻畜（xù）：饲养。❼恒有：常出现。❽类：相似。❾麋（mí）：也叫"驼鹿"或"犴（hān）"。❿然则：既然如此。⓫鬣（liè）：马颈上的长毛。⓬果：确实、果然。

译文

麒麟是象征祥瑞的灵兽，这是很明显的事情。在《诗经》中就被歌颂过，在《春秋》中也有记载，在传记百家之书也出现过记述。就连妇女孩童也知道它象征着吉祥。

但是麒麟是野生的动物，不能被家庭畜养，世上也很少见。它的外形和其他动物也不一样，外形不像马、牛、犬、猪、豺狼、麋鹿那样。既然这样，即使有麟出现，人们也不认识它就是麒麟。

有角的我以为它是牛，长鬃毛的我以为它是马，看到它像犬、猪、豺、狼、麋鹿的，我就认为它们是犬、猪、豺、狼、麋鹿，只有麒麟没办法认得出。因为不认得，那么人们说它不祥也是可以的。既然这样，等出现麒麟时，就必然有圣人在世掌权，麒麟是因为圣人才现形于世间的。圣人一定能认出麒麟。麒麟果然并非不祥之物啊。

此圣人也。

又有人说：麒麟之所以被称作是麒麟，是因为它的德行而不是外形。假如麒麟出现，而没有圣人在世能够认出，那么说它不吉祥也是可以的。

知识小百科

孔子和麒麟

　　麒麟，是中国古代神话传说中的一种瑞兽，它和"龙""凤""龟（霸下）""貔貅"被称为五大瑞兽。南朝梁代的孙柔之在《瑞应图》中记载：麒麟是羊头，长着狼蹄，头顶是圆形的，身上是彩色的，高2米左右。东汉许慎的《说文解字·十》记载：麒麟身体像麝鹿，尾巴像龙尾，还长着一只角。

　　鲁哀公十四年（公元前481年），这一年孔子七十一岁。春天，鲁哀公带领众臣在曲阜西今巨野县一带打猎。叔孙氏管车的一位叫商的仆从捕获一头奇怪的兽，这头兽身子像鹿，尾巴像牛，额像狼，四蹄像马，身上有五种颜色，腹部以下呈黄色，身高约4米，没有人认识，就载了回来。叔孙见此怪兽，以为不吉祥，自己不要，赐给虞人。孔子闻讯赶来辨认，说："这是麒麟啊！麒麟是仁兽，含仁怀义，叫起来声音像音乐，走路旋转都合规矩，脚不践踏虫子，不折断青草。它不遇盛世是不会出现的，现在为什么来啊！为什么来啊！"说完掩面大哭，涕泪沾襟。叔孙听说这情况后，就把这怪兽留下了。据说孔子这时正在写《春秋》，看到西狩捕获一只麒麟，认为麒麟是祥瑞"仁兽"，只有太平盛世才会出现。现在不是太平盛世，出非其时而被猎获，甚为感伤，写了"西狩获麟"这句话后，就停笔不写下去了。

　　中国古代把麒麟看作仁兽，仁兽突然出现在春秋末期，就是所谓"出非其时"，从而来衬托孔子作为圣人的"生非其时"的景况。获麟后又过了两年，孔子就去世了。

答李翊[1]书（节选）

　　六月二十六日，愈白，李生足下：生之书辞甚高，而其问何下而恭[2]也！能如是，谁不欲告生以其道？道德之归也有日矣，况其外之文[3]乎？抑[4]愈所谓望孔子之门墙而不入于其宫者，焉足以知是且非耶？虽然，不可不为生言之。

　　生所"谓立"言者是也，生所为者与所期者甚似而几矣。抑不知生之志蕲[5]胜于人而取于人也，将蕲至于古之立言者耶？蕲胜于人而取于人，则固胜于人而可取于人矣；将蕲至于古之立言者，则无望其速成，无诱于势利，养其根[6]而俟其实，加其膏而希其光。根之茂者其实遂[7]，膏之沃者其光晔[8]。仁义之人，其言蔼如[9]也。

　　抑又有难者：愈之所为，不自知其至犹未也。虽然，学之二十余年矣。始者非三代两汉之书不敢观，非圣人之志不敢存，处若忘，行若遗，俨乎其若思，茫乎其若迷。当其取于心而注于手也，惟陈言之务去，戛戛[10]乎其难哉！其观于人，不知其非笑之为非笑也。如是者亦有年，犹不改。然后识古书之正伪，与虽正而不至焉者，昭昭然[11]白黑分矣，而务去之，乃徐有得也。当其取于心而注于手也，汩汩然[12]来矣。其观于人也，笑之则以为喜，誉之则以为忧，以其犹有人之说[13]者存也。如是者亦有年，然后浩乎其沛然矣。吾又惧其杂也，迎而距[14]之，平心而察之，其皆醇也，然后肆焉。虽然，不可以不养[15]也。行之乎仁义之途，游之乎《诗》《书》之源，无迷其途，无绝其源，终吾身而已矣。气，水也；言，浮物也。水大而物之浮者大小毕浮。气之与言犹是也：气盛[16]，则言之短长与声之高下者皆宜。……

题解

这是一篇书信体论文。学子李翊向韩愈请教写文章的技巧，韩愈针对李翊提出的问题做了详细解答。在信中韩愈系统地阐述了自己的文学观和写作的技巧。他指出道德修养是写好文章的根本，写好文章的技巧是学习古文、加强道德修养、立言、注重修改、求新等。文章结构严谨、逻辑清晰，语言生动形象，充满了智慧和哲理，是一篇具有启发性的散文佳作。

字词直通车

❶ 李翊（yì）：唐贞元十八年（802年）进士。❷ 下而恭：谦虚而恭敬。❸ 文：文章。❹ 抑：不过，可是，转折连词。❺ 蕲（qí）：通"祈"，求，希望。❻ 根：比喻道德、学问的修养。❼ 遂（suì）：长得好。❽ 沃：多，充足；晔：明亮。❾ 蔼如：形容文章或人的气质、风度温和可亲。❿ 戛（jiá）戛：吃力的样子。⓫ 昭（zhāo）昭然：明白清晰的样子。⓬ 汩（gǔ）汩然：水流急速的样子，喻文思泉涌。⓭ 说：通"悦"，喜欢。⓮ 距：通"拒"，抗拒，此处指批驳。⓯ 养：培养、充实自己。⓰ 气盛：指文章的思想纯正、内容丰富。

译文

六月二十六日，韩愈答复，李生足下：你来信的文辞立意很高，而那提问的态度是多么谦卑和恭敬！能够这样，谁不愿把立言之道告诉你呢？儒家的仁义道德归属于你指日可待，何况它的外在形式文章呢？不过我只是所谓望见孔子的门墙而并未登堂入室的人，怎么足以能辨别文章写作的是或非呢？虽然如此，还是不能不跟你谈谈自己对这个问题的看法：

> 此子甚是谦虚，不错、不错！

> 加满油，光更亮。

你所说的要著书立说的看法是正确的，你所做的和你所期望的很相似并很接近了。只是不知道你的"立言"之志，是希望胜过别人而被人所取用呢，还是希望达到古代立言的人的境界呢？希望胜过别人而被人取用，那你本已胜过别人并且可以被人取用了。如果期望达到古代立言的境界，那就不要希望它能够很快实现，不要被势利所引诱，要像培养树木的根而等待它结果实，像给灯加油而等它放出光芒。根长得旺盛果实就能预期成熟；灯油充足灯光就明亮。仁义之人，他的文辞必然和气可亲。

不过还是有困难之处：我所做到的，自己也不知道是否达到古代立言者的境界。虽然如此，我学习古文已有二十多年了。开始的时候，不是夏、商、周三代，以及西汉、东汉的书就不敢看，不合乎圣人志意的就不敢存留心中，静处的时候像忘掉了什么，行走时好像遗失了什么，矜持的样子像在思考，茫茫然像是着了迷。当把心里所想的用手写出的时候，想要把那些陈旧的言辞去掉，这是很艰难的呀！把文章拿给别人看时，不把别人的非难和讥笑放在心上。像这种情况也有不少年，我还是不改自己的主张。这样之后才能识别古书中道理的真与假，以及那些虽然正确但还不够完善的内容，清清楚楚黑白分明了，务必去除那些不正确和不完善的，这才慢慢有了心得。当把心里所想的用手写出来的时候，文思就像泉水一样涌流出来了。再拿这些文章给别人看时，讥笑它我就高兴，称赞它我就担忧，因为文章里还存有别人的意思和看法。像这样又有些年，然后才真是像大水浩荡一样文思奔涌了。我又担心文章中还有杂而不纯的地方，于是从相反方向对文章提出诘难、挑剔，平心静气地考察它，直到词义都纯正了，然后才放手去写。虽然如此，还是不能不加深自己的修养。在仁义的道路上行进，在《诗经》《尚书》的源泉里游弋，不要迷失道路，不要断绝源头，终我一生都这样做而已。文章的气势，就像水；语言，就像浮在水上的东西。水势大，那么凡是能漂浮的东西大小都能浮起来。文章的气势和语言的关系也是这样：气势充足，那么语言的短长与声音的扬抑就都会适当。……

知识小百科

韩愈祭鳄鱼

元和十四年（819年），唐宪宗派遣使者前往陕西凤翔法门寺迎佛骨，在京城掀起了一场狂热的信佛潮。韩愈对这一劳民伤财的崇佛行为忧心忡忡，寝食不安。几经思量，提笔疾书，写了《谏迎佛骨表》上表皇上。宪宗皇帝看后龙颜大怒，要将韩愈处以极刑。多亏裴度出面救援才赦免死罪，韩愈被贬职到八千里之外的荒凉小城潮州任刺史。

> 大胆，拖出去贬了。

> 反对

潮州依山近海、偏僻荒凉，这里气温炎热，毒虫遍地，猛兽成群。境内水域里有许多鳄鱼，经常袭击路人，附近百姓深受其害。当地百姓多次到府衙反映，有一群怪兽出没江中，吞食人畜。韩愈仔细打探，原来是江中鳄鱼在作怪。韩愈苦苦思考如何驱除鳄鱼。

有一天，又有一个人被鳄鱼吃掉了，韩愈知道后很是着急，他十分焦虑地说道："此物不尽早驱除，百姓和牲畜永无宁日，我韩愈也愧对潮州父老。"又过了几天，韩愈想到了一个驱除鳄鱼的良策。他命人宰猪杀羊，到城北江边摆设祭坛，供奉祭品，他率州府官员来到江边祭祀鳄鱼。附近百姓听说韩大人在江边开设祭坛，驱赶鳄鱼，纷纷赶来观看。韩愈来到江边，摆了祭品，点上香烛，然后拿出一篇文章，开始宣读《祭鳄鱼文》："维年月日，潮州刺

鳄鱼限你三天之内，赶紧离开！

史韩愈……鳄鱼其不可与刺史杂处此土也！"文章的大意是："鳄鱼！鳄鱼！我到这里来做刺史，为的是保土庇民，你们却在此祸害百姓。如今念你们无知，限你们三天之内，带同族类出海。三天不走就是五天，五天不走就是七天，七天不走我就不客气了！"大声诵完后，便命人把猪羊投入水中。

　　文章名为祭文，实际是一篇檄文，大有兴师问罪声讨气势。根据史书记载，韩愈发文恐吓鳄鱼的当天晚上，突然刮起风暴，过了几天，多处江河竟然变干涸了，鳄鱼们被迫西迁至距潮州六十里外的新水域，从此当地鳄患得以消除。从此，韩愈驱鳄鱼的事迅速传开，成为千古传奇。"恶溪"也更名为"韩江"，直到今天潮州地区还有"韩江""韩山""祭鳄台"等一系列纪念韩愈的古迹，潮州人民还修建了韩文公祠。虽然韩愈只在潮州当七个月刺史，但正是他怀着一心为民的初衷，脚踏实地、务实进取，才让潮州人民感念他。

快跑呀！碰到硬茬了！

太好啦！没有鳄鱼了！

毛颖传

毛颖❶者，中山人也。其先明眎❷，佐禹治东方土，养万物有功，因封于卯地❸，死为十二神。尝曰："吾子孙神明之后，不可与物同，当吐而生。"已而果然。明眎八世孙䝟❹，世传当殷时居中山，得神仙之术，能匿光使物，窃姮娥、骑蟾蜍入月，其后代遂隐不仕云。居东郭者曰䨲，狡而善走，与韩卢争能，卢不及。卢怒，与宋鹊❺谋而杀之，醢❻其家。

秦始皇时，蒙将军恬南伐楚，次❼中山，将大猎以惧楚。召左右庶长与军尉，以《连山》筮❽之，得天与人文之兆。筮者贺曰："今日之获，不角不牙，衣褐之徒，缺口而长须，八窍而趺居。独取其髦❾，简牍是资，天下其同书。秦其遂兼诸侯乎！"遂猎，围毛氏之族，拔其豪，载颖而归，献俘于章台宫，聚其族而加束缚焉。秦皇帝使恬赐之汤沐，而封诸管城，号曰管城子，日见亲宠任事。

颖为人强记而便敏，自结绳之代以及秦事，无不纂录。阴阳、卜筮、占相、医方、族氏、山经、地志、字书、图画、九流百家、天人之书，及至浮图、老子、外国之说，皆所详悉；又通于当代之务，官府簿书、市井货钱注记，惟上所使。自秦皇帝及太子扶苏、胡亥、丞相斯、中车府令高，下及国人，无不爱重。又善随人意，正直、邪曲、巧拙，一随其人。虽见废弃，终默不泄。惟不喜武士，然见请，亦时往。累拜中书令❿，与上益狎⓫，上尝呼为"中书君"。上亲决事，以衡石自程，虽宫人不得立左右，独颖与执烛者常侍，上休方罢。颖与绛人陈玄⓬、弘农陶泓⓭，及会稽褚先生⓮友善，相推致，其出处必偕⓯。上召颖，三人者不待诏，辄俱往，上未尝怪焉。

后因进见，上将有任使，拂拭之，因免冠谢。上见其发秃，又所摹画不能称上意。上嘻笑曰："中书君老而秃，不任吾用。吾尝谓中书君，君今不中书邪？"对曰："臣所谓尽心者。"因不复召，归封邑，终于管城。其子孙甚多，散处中国夷狄，皆冒管城，惟居中山者能继父祖业。

太史公曰：毛氏有两族。其一姬姓，文王之子，封于毛，所谓鲁、卫、毛、聃者也，战国时，有毛公、毛遂。独中山之族，不知其本所出，子孙最为蕃昌。《春秋》之成，见绝于孔子，而非其罪。及蒙将军拔中山之豪，始皇封诸管城，世遂有名，而姬姓之毛无闻。颖始以俘见，卒见任使，秦之灭诸侯，颖与有功，赏不酬劳，以老见疏，秦真少恩哉！

题解

贞元十九年（803年），关中发生大的灾难。韩愈因为上疏"请免京兆府来年税钱及粟麦"而被贬，之后长期不被重用，心情郁积，于是借为毛笔立传来抒发自己的情怀。这篇散文用人物传记的形式写毛笔的制作、使用和日久笔毛掉落后被主人所废弃，因此摹拟史传笔法。文章运用语意双关、寄托象征的方法，具有言在此而意在彼的特点，意在言外，耐人咀嚼。

字词直通车

❶ 毛颖：毛笔的别名，文中借作人名。❷ 明眎（shì）：兔子的别名。❸ 卯（mǎo）地：即"东方土"。❹ 鷇（nóu）：刚出生的幼兔。❺ 宋鹊：战国时宋国的良犬名。❻ 醢（hǎi）：此处用作动词，剁成肉酱。❼ 次：临时驻扎，停留。❽ 筮（shì）：用蓍（shī）草卜卦。❾ 髦（máo）：毛中长毫，引申为同辈中不群者。❿ 中书令：唐时中书省的长官，官位极高。⓫ 益狎（xiá）：更加亲密。⓬ 玄：黑色。⓭ 陶泓（hóng）：指砚。⓮ 褚（zhǔ）先生：指纸。⓯ 必偕（xié）：必定在一起。

译文

毛颖是中山人。他的先人是兔子，辅佐大禹治理东方国土，因养育万物有功，因此在东方国土获得封地，死后成为十二生肖之一。（他）曾经说："我的子孙是神的后代，和其他生物不同，是从嘴里吐出来的。"后来果然是这样。兔子的第八代孙子刚刚出生，人世间正当殷朝时期，他住在中山，得到了神仙的法术，能够隐身、驱使物事，与嫦娥偷情，骑蟾蜍进入月亮，他的后代便隐居不出仕。住在城东的名叫㲉，狡猾并且善于奔跑，和韩卢比赛，韩卢比不过他。韩卢恼怒，和宋鹊共同谋划杀了他，将他全家剁成了肉酱。

我有一个新发明。

蒙恬

秦始皇时期，蒙恬将军在南方讨伐楚国，在中山停留，准备举行大型的狩猎行动来威吓楚国，召集左右的庶长和军尉一起，用连山占卜这次行动，预测天时及人和。占卜者恭贺道："这次要捕获的，是没有角，牙齿不锋利，穿短布衣的动物，缺嘴并且胡须长，有八窍像打坐一样坐着，就取它的毛，可以用来作为形成书册的东西，如果天下都用它来书写，秦最终将兼并诸侯！"于是开始狩猎，围捕毛家一族，拔下他们的毛，将毛家装车带回，到章台宫将俘虏献给皇帝，聚集他家族的人将他们束缚起来。秦始皇恩赐让蒙恬将毛颖放入汤池沐浴，并赐他封地管城，命名为管城子，毛颖逐渐得到恩宠并管理事务。

毛颖的记忆力非常强并且思维敏捷，从结绳记事的年代起直到秦代的事，没有不编纂记录的；阴阳、卜卦、占卜相术、医疗方术、民族姓氏、山川的记载、地志、字和书法、图画、三教九流诸子百家等天下的书，乃至佛学、道家、外国的各种学说，全都详细地记下；还通晓当代的各种事务，官府公函，市井中货物钱财的账目记录，全都为皇上服务。从秦始皇到太子扶苏、胡亥、丞相李斯、中车府令赵高，下到国民百姓，没有不爱重他的。又善于随人的意，（无论）正直、邪恶、委婉、巧妙、拙朴的，全都依照对方的特点来调整自己。虽然有时被废弃，但始终沉默不泄气。只有一点，他不喜欢武士，但是如果被请也经常前往。

毛颖长期被任命为中书令，和皇上更加亲密，皇上曾经称他为中书君。皇上亲自决断公事，每天阅览公文以达到规定的重量来要求自己，就是宫里的人也不得站在他的旁边，唯独毛颖和拿蜡烛的奴仆经常在旁边侍奉，皇上休息时才告退。毛颖和绛县人陈玄、弘农县的陶泓和会稽县褚先生友好相善，互相推崇备至，他们出现的时候必定互相偕同。皇上召见毛颖，三人不等皇帝召见，一动就是一起前往，皇上从没怪罪过他们。

后来一次进见时，皇上要委以重用，于是他脱下帽子谢恩。皇上看见他的头发秃了，并且所画的画不能如皇上的意。皇上讥笑道："中书君老并且秃头，无法胜任我的重担。我曾经对你的称谓是中书，你现在还是中书吗？"回答说："我就是尽心啦。"于是不再召见，他回到封地，在管城终老。他的子孙很多，分散在中国和外地，都冒充是管城人，唯有住在中山的后代能够继承父辈祖宗的事业。

太史公说："毛家有两族，其中一族是姬姓，周文王的儿子，封为毛，就是所谓的鲁、卫、毛、聃。战国的时候有毛公、毛遂。唯有中山这一族，不知道他们的祖宗，子孙最兴旺。孔子作《春秋》，是见捉到麟而停笔的，而不是他的罪过。蒙将军拔中山的毛，秦始皇赐封管城，于是世代有名，而姬姓的毛族默默无闻。毛颖起始于以俘虏出现，完结于任命和重用。秦灭诸侯，毛颖肯定有功劳，没有赏赐和酬劳，还因为老迈而被疏远，秦始皇真是薄情寡义啊！"

31

知识小百科

毛遂自荐的典故

公元前259年，秦军围困赵国都城邯郸。平原君赵胜打算在门下食客中选取二十名文武兼备的人一起去楚国求助。可是选来选去，只选出十九个人。

这时候，平原君门下有一位叫毛遂的人自告奋勇地说："我愿意跟随公子走一趟！"平原君问道："先生在我赵胜门下几年啦？"毛遂说："三年了。"平原君说："有能力的人处在世上，就好像锥子装在口袋中一样，他的锋芒立刻就会显露出来。先生在我这里已经三年了，我没听见身边的人有谁称道过你，你还是不要去了！"毛遂说："如果你能够早一天把我放在口袋里，整个锥子早就扎出来了，岂止是露出一点儿锋芒呢？"平原君听毛遂谈吐不凡，就同意带他去了。

到了楚国，平原君与楚王开始会谈。谈了一天也没有什么成效。毛遂

站出来，手按宝剑拾级而上，厉
声指责楚王说："你好凶啊！你这
样申斥我们，不就是因为你楚国人多
吗？现在十步之内，大王之命就悬在我
的手里，人再多也没用！再说，楚国土
地方圆五千里，雄兵百万，这样强大
的国家，天下谁能抵挡？白起那个
平庸小辈，率领几万秦兵，一战攻
下鄢郢，再战火烧夷陵，三战凌辱
了大王的先人。你的威风和脾气哪儿
去了？这样的奇耻大辱，我们赵国都替
你害羞！你以为，合纵只为了赵国吗？"
楚王说："好，好，马上签约！马上签
约！"后来楚王很快派兵，联合魏国，
解了邯郸之围。

　　毛遂自荐的典故告诉我们：真
正有才能的人是不会浪费自己的本
领的，即使别人不给提供机会，也
要主动出击，自己创造机会。

祭十二郎文（节选）

年月日，季父❶愈闻汝丧之七日，乃能衔哀❷致诚，使建中远具时羞之奠，告汝十二郎之灵：

呜呼！吾少孤，及长，不省所怙❸，惟兄嫂是依。中年，兄殁南方，吾与汝俱幼，从嫂归葬河阳。既❹又与汝就食江南，零丁孤苦，未尝一日相离也。吾上有三兄，皆不幸早世。承先人后者，在孙惟汝，在子惟吾。两世一身，形单影只。嫂尝抚汝指吾而言曰："韩氏两世，惟此而已！"汝时尤小，当不复记忆；吾时虽能记忆，亦未知其言之悲也。

吾年十九，始来京城。其后四年，而归视汝。又四年，吾往河阳省坟墓，遇汝从嫂丧来葬。又二年，吾佐董丞相于汴州，汝来省❺吾，止一岁，请归取其孥❻。明年，丞相薨❼，吾去汴州，汝不果来。是年，吾佐戎徐州，使取汝者始行，吾又罢去，汝又不果来。吾念汝从于东，东亦客也，不可以久；图久远者，莫如西归，将成家而致汝。呜呼！孰谓汝遽❽去吾而殁乎！

吾与汝俱少年，以为虽暂相别，终当久相与处，故舍汝而旅食京师，以求斗斛❾之禄。诚知其如此，虽万乘❿之公相，吾不以一日辍⓫汝而就⓬也！

……

题解

本篇是韩愈悼念侄子的祭文。十二郎是韩愈次兄韩介之子，过继给韩愈的长兄韩会，在其家族中排行十二。韩愈三岁丧父，由长兄韩会、嫂郑氏抚养，自幼与侄儿十二郎同窗共读，相依相伴，感情很深。韩愈离开家乡出仕做官以后，与十二郎聚少离多，他本打算一切安定下来以后再把侄子接来同住，不料十二郎青年天折。韩愈怀着万分沉痛的心情写下了这篇祭文，此文被誉为祭文中的"千年绝调"。

字词直通车

❶ 季父：叔父，古人兄弟间以伯、仲、叔、季排行，季是最小的。❷ 衔哀：心中含着悲哀。❸ 所怙（hù）：指父亲。❹ 既：后来。❺ 省（xǐng）：探望。❻ 孥（nú）：妻子儿女，也就是家眷，家属。❼ 薨（hōng）：古时诸侯或二品以上的官员之死叫薨。❽ 遽（jù）：突然。❾ 斛（hú）：十斗。❿ 万乘（shèng）：指高官厚禄。⓫ 辍（chuò）：停止，中途离去。⓬ 就：赴任。

某年某月某日，叔父韩愈在听到你去世消息的第七天，才得以强忍哀痛，对你倾诉衷肠，派建中从远方备办了应时的佳肴作为祭品，祭告于十二郎的灵前：

唉！我很小的时候就成了孤儿，等到长大，不知道该依靠谁，只有兄嫂能够与之相依。哥哥才到中年就客死南方，那时我和你都还年幼，跟随嫂嫂把哥哥归葬在河阳。后来又和你到江南谋生，伶仃孤苦，不曾有一天分开过。我上面有三个哥哥，都不幸早逝。能继承先人而作为后嗣的，在孙子辈中只有你，在儿子辈中只有我。子孙两代各剩一人，真是形单影孤啊。嫂嫂曾经一手抚着你，一手指我说："韩家两代人，就只剩你们两个了！"你当时比我更小，应当是不会记得了；我当时虽然能记事了，但并不能明白嫂嫂的话中蕴含着多少的悲凉啊！

韩家只剩你们两个了！

我十九岁那年，初次来到京城。过了四年，我回去看过你。又过了四年，我前往河阳祖坟凭吊，碰上你护送嫂嫂的灵柩前来安葬。又过了两年，我在汴州做董丞相的幕僚时，你来探望我，住了一年，便要回去接妻子和孩子。第二年，董丞相去世，我离开汴州，你没有来成。这一年，我到徐州协理军务，派去接你的人刚动身，我又被罢职离开徐州，你又没能来成。我思忖着，就算你跟着我到东边来，

也是客居在这里，不是长久之计；如果从长远打算，不如等我回到西边先安好家然后再接你过来。唉！谁能料到你突然离开我而去世了呢？

　　当初我和你都年轻，以为尽管暂时分别，终会长久地住在一起，所以我才丢下你跑到京城来求取功名，以求微薄的俸禄。要是早知道会是这样的结果，即使是做极为尊贵的宰相公卿，我也不会离开你一天而去就任啊！

知识小百科

颜真卿的《祭侄文稿》

历史上有两篇著名的祭奠侄子的文章，一篇是韩愈的《祭十二郎文》，另外一篇则是颜真卿的《祭侄文稿》。

安史之乱，时任平原太守的颜真卿和从兄常山太守颜杲卿共同起兵讨伐叛军，其侄颜季明往来其间传递消息，而后叛军攻陷常山郡，俘虏颜季明，借此逼迫颜杲卿投降。颜杲卿不肯屈服，破口大骂安禄山，后被割掉舌头，身首异处，颜氏一门三十余口皆被杀害，尸骨无存。

两年后，颜真卿在河北仅找到颜季明的头骨，悲从中来，挥笔写下此文。文中追叙其兄其侄在国家危难之时挺身而出，坚守忠义的事迹，其中多处涂抹，藏愤激于悲痛，言哀已叹，血泪斑斑，溢于笔端。

颜真卿是著名的大书法家，他的《祭侄文稿》共二十三行，凡二百三十四字。这篇文稿追叙了常山太守颜杲卿父子在安禄山叛乱时，挺身而出，坚决抵抗，致"父陷子死，巢倾卵覆"、取义成仁之事。通篇看来，用笔之间情如潮涌，书法气势磅礴，纵笔豪放，一气呵成。

《祭侄文稿》与东晋王羲之的《兰亭序》、北宋苏轼的《黄州寒食帖》并称为"天下三大行书"，亦被誉为"天下行书第二"。且此稿是他在极度悲愤的情绪下书写而成的，不顾笔墨之工拙，故字形随书家情绪起伏，纯是精神和平时功力的自然流露。这在整个书法史上都是不多见的，故《祭侄文稿》是极具史料价值和艺术价值的墨迹原作之一。

天下三大行书

兰亭序　祭侄文稿　黄州寒食帖

柳宗元

从贵族青年到孤勇者

出身世家大族——
河东柳氏

跟大文豪韩愈齐名，并称"韩柳"，与刘禹锡并称"刘柳"，写骈文的高手，笔锋犀利

佛系、儒系
思想双修

热衷游历，堪称写游记的高手，被后世誉为"游记之祖"

寓言大家——前有庄子，后有柳宗元

人物介绍

柳宗元（773—819年），字子厚，出身河东柳氏，世称柳河东、河东先生，河东郡（今山西永济）人；因官终柳州刺史，又称柳柳州。
主要身份： 唐代文学家、哲学家
主要擅长： 诗歌、辞赋、散文
主要作品：《永州八记》《河东先生集》
主要成就： 一生留下六百多篇诗文作品。

◎ **773 年**

　　柳宗元在长安出生，望族之后，幼时承母亲启蒙，少年时随父宦游。

好！

怎么可能呢？

青年才俊啊！

《为崔中丞贺平李怀光表》

◎ **785 年**

　　为人代写《为崔中丞贺平李怀光表》，唐德宗看后大为赞赏，从此柳宗元声名远播。

柳宗元　　刘禹锡　　进士

◎ **793 年**

　　与刘禹锡同榜进士及第，二人相识并成为一生挚友。此后，柳宗元步入仕途，起初颇为顺遂。这期间，他结识韩愈，逐渐进入政治核心。

永贞革新

◎ **805 年 1 月**

　　当时唐德宗驾崩，顺宗继位，王叔文掌管朝政，积极推行"永贞革新"。柳宗元与王叔文等政见相同，成了革新派的重要成员。

二王八司马事件

革新集团

贬!

柳宗元

◎ 805—815 年

805 年 8 月，顺宗被迫禅让帝位给太子李纯，即宪宗。宪宗即位后，打击以王叔文为首的革新集团，柳宗元因此被贬为永州司马，苦难的经历使他转变心境，寄情于山水，读书著书，为百姓立传，在永州一待就是 10 年。写下了著名的《永州八记》，创作了千古名篇《江雪》，柳宗元因心系民众而广受百姓爱戴。

螺蛳粉

太臭了！

此汤可祛湿气。

好臭！

◎ 815 年

被贬为柳州刺史。柳宗元在柳州展现了优秀的治理能力，他在柳州开荒建设、兴办学堂、挖井种树、释放奴婢，造福柳州老百姓，他广集药方，整理救死三方：治疗疗疮、霍乱、脚气。

放心，我会照顾好孩子们。

◎ 819 年

宪宗实行大赦，敕召柳宗元回京。长期的贬谪、生活上的困顿和精神上的折磨，使柳宗元健康状况越来越坏，在诏书送达之前，柳宗元便在柳州因病去世。重病中，曾写信给刘禹锡、韩愈托孤。

始得西山宴游记

　　自余为僇人①，居是州，恒惴栗②。其隙③也，则施施而行，漫漫而游。日与其徒④上高山，入深林，穷回溪⑤，幽泉怪石，无远不到。到则披草而坐，倾壶而醉。醉则更相枕以卧，卧而梦，意有所极，梦亦同趣。觉而起，起而归。以为凡是州之山水有异态者，皆我有也，而未始⑥知西山之怪特。

　　今年九月二十八日，因坐法华西亭，望西山，始指异之⑦。遂命仆人过湘江，缘染溪，斫榛莽⑧，焚茅茷，穷山之高而止。攀援而登，箕踞⑨而遨，则凡数州之土壤，皆在衽席之下。其⑩高下之势，岈然⑪洼然，若垤⑫若穴，尺寸千里，攒蹙⑬累积，莫得遁隐。萦青缭白⑭，外与天际⑮，四望如一。然后知是山之特立，不与培塿为类。悠悠乎与颢气俱，而莫得其涯；洋洋乎与造物者游，而不知其所穷。引觞⑯满酌，颓然就⑰醉，不知日之入。苍然暮色，自远而至，至无所见，而犹不欲归。心凝形释，与万化冥合。然后知吾向⑱之未始游，游于是乎始。故为之文以志⑲。是岁，元和四年也。

题解

此篇是柳宗元所写的《永州八记》的第一篇。柳宗元因参加王叔文革新运动，于唐宪宗元和元年被贬到永州担任司马。到永州后，其母病故，王叔文被处死，柳宗元颇感心情压抑。永州山水幽奇雄险，许多地方还鲜为人知，柳宗元寄情于山水，这篇文章便是这一时期所作。

字词直通车

❶ 僇人（lù）：同"戮人"，受过刑辱的人，罪人。❷ 惴栗（zhuì lì）：恐惧不安。❸ 隙（xì）：指空闲时间。❹ 其徒：那些同伴。❺ 回溪：曲折溪流。❻ 始：才。❼ 指异之：指着它觉得它奇特。❽ 斫（zhuó）：砍伐；榛莽：指杂乱丛生的荆棘灌木。❾ 箕踞（jī jù）：像簸箕一样地蹲坐着。❿ 其：代词，指上句"数州之土壤"。⓫ 岈（xiā）然：山谷空阔深邃的样子。⓬ 垤（dié）：蚂蚁洞边的小土堆。⓭ 攒（zǎn）：聚集在一起；蹙（cù）：紧缩在一起。⓮ 萦青缭白：青山萦回，白水缭绕。⓯ 际：接近。⓰ 引觞（shāng）：拿起酒杯。⓱ 就：接近，进入。⓲ 向：以前。⓳ 志：记述。

译文

我自从成为有罪的人就住在这个州里，常常恐惧不安。如有空闲时间，就慢慢地行走，无拘束地游玩。每日和那些同伴上高山、入深林，走到曲折溪流的尽头。幽僻的泉水，奇异的山石，没有一处僻远的地方不曾到过。到了目的地就分开草坐下，喝尽壶中酒，一醉方休。醉了就互相枕着睡觉，睡着了就做梦。心里有向往的好境界，梦里也就有相同的乐趣。睡醒了就起来，起来了就回家。我以为凡是这个州的山有奇特形状的，我都游过了；可是我还未曾知道西山的奇异特别。

被贬了，不开心！

今年九月二十八日，我坐在法华寺西亭，眺望西山，才指点着觉得它奇特。于是命令仆人渡过湘江，沿着染溪，砍伐荆棘，焚烧乱草，一直到山顶才停下。随后我们攀缘登上山顶，随意坐下观赏，附近几个州的土地就全在我们的座席之下了。这几个州的地势高低不平，高处是深山，低处

风景也不过如此。

山顶很是奇特。

是洼地，像蚁封，像洞穴，看起来只有尺寸之远，实际上有千里之遥。千里之内的景物尽收眼底，没有什么能够隐藏。青山萦回，白水缭绕，外与天边相接。向四面望去都是一样的景象。登上山顶才知这座山的特别突出，与小土丘不一样。这座山辽阔浩渺，与天地间的大气合一而不能望到它的边际；这座山悠然自得，与大自然交游而不知它的尽期。我们拿起酒杯，喝得东倒西歪，不知太阳下了山。苍茫的暮色，由远而至，直到什么都看不见了还不想返回。我觉得思想停止了，形体消散了，与自然万物不知不觉地融为一体了。这时我才知道，我以前不曾真正游赏过，真正的游赏是从这里开始的。所以我把这次西山之游写成文章以记载下来。这一年是元和四年。

风景这边独好！

知识小百科

柳宗元和《永州八记》

唐顺宗永贞元年（805年），柳宗元被任命为礼部员外郎，成为王叔文革新集团的重要成员。但好景不长，同年八月，唐顺宗被迫"内禅"，把帝位传给了唐宪宗。宪宗即位后，打击王叔文集团，柳宗元因此被贬为永州司马。

永州地处湘粤桂三省交界，古称零陵，又因潇水与湘江在城区汇合，又被称为"潇湘"。

您请！您请！

柳宗元到达永州后，居住在城内东山法华寺，与法华寺隔河相望的便是西山。这里的西山，指潇水西岸，南自朝阳岩起，北接黄茅岭，长亘数里起伏的山丘。柳宗元渡河游览西山后，写下了在永州的第一篇游记《始得西山宴游记》。

对面的西山不错哦！

游览西山后，柳宗元又去了钴鉧（gǔmǔ）潭。钴鉧潭河床是天然石块，凹陷甚深，潭面形状像熨斗，古代称熨斗为钴鉧，所以此潭又名"钴鉧潭"。在这里，柳宗元写下了第二篇游记《钴鉧潭记》。

这个潭不错哦！

此后，柳宗元游赏了愚溪旁的西小丘与小石潭，因而写下了第三篇游记《钴鉧潭西小丘记》和第四篇游记《至小丘西小石潭记》。

因为愚溪风景优美，柳宗元于是选择在愚溪旁定居。他溯愚溪而上，在袁家渴写下了他在永州的第五篇游记《袁家渴记》。从袁家渴沿潇水逆流而上，来到石渠，柳宗元写下了《石渠记》；从石渠沿潇水而下大约五百米，再翻过一座土山，就到了一个村，村子北面有一条小溪，流经村旁，穿石拱桥，汇入潇水，柳宗元在这里写下了《石涧记》。

柳宗元在愚溪之北，沿着往北的山路而上，来到小石城山，在那里写下了《小石城山记》，这篇游记是柳宗元"永州八记"中的最后一篇。

《永州八记》历时六年完成，在思想内容、艺术特色上都有其独特之处。不仅展现了柳宗元卓越的文学才华，也反映出他被贬永州期间复杂而深沉的心境，对后世山水游记的创作产生了深远影响。

小石潭记

从小丘西行百二十步，隔篁竹①，闻水声，如鸣珮环，心乐②之。伐竹取③道，下见小潭，水尤清冽。全石以为底，近岸，卷石底以④出，为坻，为屿，为嵁，为岩⑤。青树翠蔓，蒙络摇缀，参差披拂。

潭中鱼可百许头⑥，皆若空游无所依。日光下澈，影布⑦石上。佁然⑧不动，俶尔⑨远逝，往来翕忽⑩，似与游者相乐。

潭西南而望，斗折蛇行，明灭可见。其岸势犬牙差互⑪，不可知其源。

坐潭上，四面竹树环合，寂寥无人，凄神寒骨，悄怆幽邃⑫。以其境过清⑬，不可久居，乃⑭记之而去。

同游者：吴武陵，龚古，余弟宗玄。隶而从者，崔氏二小生，曰恕己，曰奉壹。

题解

此篇是柳宗元被贬为永州司马后所作。柳宗元贬官之后，为排解内心的愤懑之情，常常不避幽远，伐竹取道，探山访水，并通过对景物的具体

描写，抒发自己寄情山水的旷达之志。柳宗元通过对小石潭的描写，表达了对自然的热爱，同时也反映了他对当时社会的不满和厌倦，渴望在自然中寻找心灵的慰藉。

字词直通车

❶ 篁（huáng）竹：成林的竹子。❷ 乐：以……为乐。❸ 取：这里指开辟。❹ 以：相当于"而"。❺ 为坻（chí），为屿（yǔ），为嵁（kān），为岩：成为坻、屿、嵁、岩各种不同的形状。坻，水中高地。屿，小岛。嵁，不平的岩石。岩，悬崖。❻ 可百许头：大约有一百条。可：大约。许：约数。❼ 布：照映，分布。❽ 佁（yǐ）然：静止不动的样子。❾ 俶（chù）尔：忽然。❿ 翕（xī）忽：轻快敏捷的样子。⓫ 犬牙差（cī）互：像狗的牙齿那样互相交错。差互：互相交错。⓬ 悄怆（qiǎochuàng）幽邃（suì）：幽静深远，弥漫着忧伤的气息。⓭ 以其境过清：因为那种环境太过凄清。以，因为。其，那。清，凄清。⓮ 乃：于是……就。

听，有玉石碰撞的声音。

译文

从小山丘向西走一百二十多步，隔着竹林，可以听到流水的声音，好像人身上佩戴的珮环相碰击发出的声音，我心里为之高兴。砍伐竹子，开辟道路，向下就看见一个小潭，水格外清凉。小潭以整块石头为底，靠近岸边的地方，石底有些部分翻卷出来，露出水面，成为水中的高地，像是水中的小岛，也有高低不平的石头和小岩石。青葱的树木，翠绿的藤蔓，蒙盖缠绕，摇曳牵连，参差不齐，随风飘拂。

潭中的鱼大约有一百条，都好像在空中游动，什么依托也没有。阳光向下直照到水底，鱼的影子好像映在水底的石头上。鱼影一动不动，忽然间向远处游去了，来来往往，轻快敏捷，好像在和游玩的人玩耍。

原来是潭水。

向小石潭的西南方望去，溪流像北斗星一样曲折，像蛇一样蜿蜒前行，时而看得见，时而看不见。溪岸的形状像狗的牙齿那样相互交错，不能知道溪水的源头在哪里。

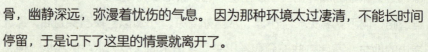

坐在潭边，四面都被竹林和树木包围着，寂静没有旁人，使人感到心神凄凉，寒气透骨，幽静深远，弥漫着忧伤的气息。因为那种环境太过凄清，不能长时间停留，于是记下了这里的情景就离开了。

一同去游览的人有吴武陵、龚古、我的弟弟宗玄。我带着一同去的，有姓崔的两个年轻人，一个名叫恕己，一个名叫奉壹。

知识小百科

中国八大名潭

　　潭是渊的意思，就是水深的地方，传说中常有蛟龙出没。中国境内有八处比较著名的潭，介绍如下：

　　一、日月潭

　　日月潭是台湾岛最大的天然淡水湖泊，有"海外别一洞天"之称。环潭面积 7.73 平方千米，平均水深 40 米。岛的东北面湖水形圆如日，称日潭；西南面湖水形觚如月，称月潭，二潭统称日月潭。

　　二、净月潭

　　净月潭位于吉林长春，素有日月潭姐妹潭之称。山清水秀、林木繁茂，一年四季景色各异。

　　三、桃花潭

　　桃花潭位于安徽宣城，南临黄山、西接九华山，因李白"桃花潭水深千尺，不及汪伦送我情"而名扬天下。

　　四、龙潭

　　龙潭位于江西井冈山，溪水冲击小井峡谷后，陡然跌落绝壁之下，又连续飞下四级断崖，形成梯状的气势磅礴的瀑布和五个深潭，号称龙潭"五潭十八瀑"。

天河潭

五、天河潭

天河潭位于贵州贵阳，融山、水、洞、潭、瀑布、天生桥、峡谷为一体，有贵州山水浓缩盆景的美称，被誉为"黔中一绝"。

六、天龙潭

天龙潭位于北京昌平，地处军都山脉与燕山山脉交接处，有火红的岩石如同巨大赤龙，探头潭中做吸水状，令人振臂称绝，天龙潭即由此得名。

天龙潭

七、大龙潭

大龙潭在广西柳州，潭水四季澄清如镜。潭边有七峰环列，人称七女峰。正东有一峰，半山腰有个通透的圆洞，可见蓝天，如同一面镜子，因而叫镜山。镜山对面为美女峰，两峰相对，构成了著名的"仙女照镜"。

大龙潭

八、飞水潭

飞水潭位于广东肇庆鼎湖山。瀑布从 40 多米高的崖顶往下飞泻，如注的水流汇成一泓碧水，中有巨石，上刻"枕流"二字。

飞水潭

种树郭橐驼传

郭橐驼①，不知始何名。病偻，隆然伏行，有类橐驼者，故乡人号之"驼"。驼闻之曰："甚善。名我固当②。"因舍其名，亦自谓"橐驼"云。

其乡曰丰乐乡，在长安西。驼业③种树，凡长安豪富人为观游及卖果者，皆争迎取养。视驼所种树，或移徙，无不活，且硕茂早实以蕃。他植者虽窥伺效慕，莫④能如也。

有问之，对曰："橐驼非能使木寿且孳也，能顺木之天⑤，以致其性⑥焉尔。凡植木之性⑦，其本⑧欲舒，其培欲平，其土欲故，其筑欲密。既然已，勿动勿虑，去不复顾。其莳也若子⑨，其置也若弃，则其天者全而其性得矣。故吾不害其长而已，非有能硕茂之也；不抑耗其实而已，非有能早而蕃⑩之也。他植者则不然。根拳而土易，其培之也，若不过焉则不及。苟有能反是者，则又爱之太恩，忧之太勤，且视而暮抚，已去而复顾。甚者爪其肤⑪以验其生枯，摇其本以观其疏密，而木之性日以离矣。虽曰爱之，其实害之；虽曰忧之，其实仇之，故不我若⑫也。吾又何能为哉！"

问者曰："以子之道，移之官理，可乎？"驼曰："我知种树而已，理⑬，非吾业也。然吾居乡，见长人者⑭好烦其令，若甚怜焉，而卒以祸⑮。且暮吏来而呼曰：'官命促尔耕，勖⑯尔植，督尔获，早缫⑰而绪，早织而缕，字⑱而幼孩，遂而鸡豚。'鸣鼓而聚之，击木而召之。吾小人辍飧饔⑲以劳吏者，且不得暇，又何以蕃吾生而安吾性耶？故病且怠。若是，则与吾业者其亦有类乎？"

问者曰："嘻！不亦善夫！吾问养树，得养人术。"传其事以为官戒也。

题解

柳宗元在参加"永贞革新"前两年，即贞元十九年至二十一年（803—805），曾任监察御史里行，是御史的见习官。这篇文章，可能就是在此期间写的，后世学者多认为这是设事明理之作，此文是针对当时官吏繁政扰民的现象而为言的。

字词直通车

❶橐（tuó）驼：骆驼。这里指驼背。❷固：确实；当：恰当。❸业：以……为业。❹莫：没有谁。❺天：指自然生长规律。❻致其性：使它按照自己的本性成长。性，本性。❼植木之性：种植树木的方法。性，性质，方法。❽本：树根。❾莳（shì）：栽种；若子：像对待子女一样精心。❿早而蕃（fán）：使……（结实）早而且多。蕃，多。⓫爪其肤：掐破树皮。爪，掐。⓬不我若：不若我，比不上我。⓭理：治理百姓。⓮长（zhǎng）人者：指当官治民的地方官。⓯卒以祸：以祸卒，以祸（民）结束。卒，结束。⓰勖（xù）：勉励。⓱缫（sāo）：煮茧抽丝。⓲字：养育。⓳辍飧（sūn）饔（yōng）：不吃饭。辍，停止。飧，晚饭。饔，早饭。

#

郭橐驼，不知道他最初叫什么名字。他患了脊背弯曲的病，脊背高高凸起，弯着腰走路，就像骆驼一样，所以乡里人称呼他叫"驼"。橐驼听说后，说："这个名字很好啊，这样称呼我确实恰当。"于是他便舍弃了他原来的名字，也自称起"橐驼"来。

他的家乡叫丰乐乡，在长安城西边。郭橐驼以种树为职业，凡是长安城里经营园林游览和做水果买卖的有钱人，都争着雇用他。人们观察橐驼种的树，或者移植的树，没有不成活的；而且长得高大茂盛，果实结得早而且多。其他种植的人即使暗中观察效仿，也没有谁能比得上他的。

有人问他种树种得好的原因，他回答说："我并不能使树木活得长久而且长得很快，不过是能够顺应树木的自然生长规律，使它的本性充分发展而已。凡是按树木的本性种植，它的本性是：树木的树根要舒展，它的培土要平均，它根下的土要用原来培育树苗的土，根周围捣土要紧实。这样做了之后，就不要再动，不要再忧虑它，离开后就不要再管它。栽种时要像对待子女一样细心，栽好后要像丢弃它一样放在一边，那么树木的天性

就得以保全，它的本性也就能够得到充分发展。所以我只不过不妨碍它的生长罢了，并不是有能使它长得高大茂盛的办法；只不过不抑制、减少它的结果罢了，也并不是有能力使它果实结得早又多。别的种树人却不是这样。种树时，树根拳曲着，又换了生土；给树培土的时候，不是过紧就是太松。如果有能够和这种做法相反的人，就又太过于吝惜它们了，担心它太过分了；早晨去看了，晚上又去摸摸，已经离开了，又回来望望。更严重的甚至掐破树皮来观察它是死是活着，摇动树的根部来看培土是松还是紧，这样就违背了树木的天性。虽然说是喜爱它，但这实际上是害它；虽说是担心它，但这实际上是仇视它，所以他们种植的树都不如我。我又有什么特殊本领呢！"

提问者说："把你种树的方法，转用到做官治民上，可行吗？"橐驼说："我只知道种树罢了，做官治民，不是我的职业。但是我住在乡里，看见那些官吏喜欢不断地发号施令，好像是很怜爱百姓，但百姓最终反因此受到祸害。从早到晚那些小吏跑来大喊：'长官命令催促你们耕地，勉励你们种植，督促你们收获，早些煮茧抽丝，早些织好你们的布，养育好你们的孩子，喂养好你们的家禽牲畜！'一会儿打鼓招聚大家，一会儿敲梆子召唤大家。我们这些老百姓停止吃饭去慰劳那些小吏尚且不得空暇，又怎能使我们的人口兴旺，使我们生活安定呢？所以我们既困苦又疲乏，像这样治民反而扰民，这种做法与我种树的行当大概也有相似的地方吧？"

长官命令你们好好干活。

种树和做官治民一样。

听了你的话受益匪浅。我要写个传记。

提问者说："不也是很好吗！我问种树的方法，得到了治民的方法。"我为这件事作传，把它作为官吏们的鉴戒。

58

知识小百科

历史上的农书

　　《史记》中记载，秦始皇焚书的时候，"所不去者，医药卜筮种树之书"，也就是说医药、卜筮、种树这三种书"有用"的书，是不能烧的，这也是"种树书"这一典故的出处。南宋大词人辛弃疾在他的《鹧鸪天·有客慨然谈功名因追念少年时事戏作》中有名句"却将万字平戎策，换得东家种树书"，其实，这只是用种树来代指一切跟农艺相关的知识，比如种庄稼、种菜、种花等，实际上就是古代农书的统称。

辛弃疾

《种树书》="古代农书"

　　秦始皇不烧农书，就是因为这些书是指导农业生产的，是实用的书籍，关系着国计民生，没必要付之一炬。

　　一般认为中国最早的一部农书，是西汉成帝时期的《氾胜之书》；到了北魏，农学家贾思勰撰述《齐民要术》，也是非常有名的农书，到现在还有很好的借鉴意义；到了宋代，有了我国第一部直接以"农书"命名的农书——《陈敷农书》；元代，又有《王祯农书》；明代，则有徐光启的《农

氾勝之書　齊民要術　陳敷農書　王禎農書　農政全書

古代五大农书

政全书》。

　　以上所举五部农学著作，统称我国古代五大农书。"五大"之外，还有很多。有专家统计，我国古代农书数量居世界第一，已知有六百多种，现存也有三百多种。这些农书，也都可称"种树书"。

　　有趣的是，历史上还真存在一本假借郭橐驼名义所撰写的《种树书》，《种树书》其他版本也有署名俞宗本的。《明史·艺文志》又作俞贞木。《种树书》记载了很多奇特的栽培技术，特别是嫁接方法，不少资料为徐光启《农政全书》所引用。

捕蛇者说

永州之野产异蛇，黑质而白章，触草木，尽死；以啮人^①，无御之者。然得而腊之以为饵^②，可以已大风、挛踠、瘘、疠^③，去死肌，杀三虫。其始，太医以王命聚之，岁赋其二，募有能捕之者，当其租入。永之人争奔走焉。

有蒋氏者，专其利三世矣。问之，则曰："吾祖死于是，吾父死于是，今吾嗣^④为之十二年，几死者数^⑤矣。"言之，貌若甚戚者。

余悲之，且曰："若毒之乎？余将告于莅事者，更若役，复若赋，则何如？"

蒋氏大戚，汪然^⑥出涕曰："君将哀而生^⑦之乎？则吾斯役之不幸，未若^⑧复吾赋不幸之甚也。向吾不为斯役，则久已病^⑨矣。自吾氏三世居是乡，积于今六十岁矣，而乡邻之生日蹙，殚其地之出，竭其庐之入，号呼而转徙，饥渴而顿踣^⑩，触风雨，犯寒暑，呼嘘毒疠，往往而死者相藉^⑪也。曩^⑫与吾祖居者，今其室十无一焉；与吾父居者，今其室十无二三焉；与吾居十二年者，今其室十无四五焉，非死则徙尔。而吾以捕蛇独存。悍吏之来吾乡，叫嚣乎东西，隳突^⑬乎南北，哗然而骇者，虽^⑭鸡狗不得宁焉。吾恂恂^⑮而起，视其缶^⑯，而吾蛇尚存，则弛然而卧。谨食之，时^⑰而献焉。退而甘食其土之有，以尽吾齿^⑱。盖一岁之犯死者二焉，其余则熙熙而乐，岂若吾乡邻之旦旦有是^⑲哉！今虽死乎此，比吾乡邻之死则已后矣，又安敢毒耶？"

余闻而愈悲。孔子曰："苛政猛于虎也。"吾尝疑乎是，今以蒋氏观之，犹信。呜呼！孰知赋敛之毒，有甚是蛇者乎！故为之说，以俟夫观人风者得焉。

题解

柳宗元在唐顺宗时期，参与了以王叔文为首的永贞革新运动。因反对派的强烈反抗，革新运动一百四十多天后失败，顺宗退位，王叔文被杀，柳宗元被贬为永州司马。在永州的十年期间，柳宗元目睹当地人民"非死则徙尔"的悲惨景象，通过捕蛇者蒋氏对其祖孙三代为免交赋税而宁愿冒着死亡威胁捕捉毒蛇的自述，反映中唐时期劳动人民生活悲惨，揭露封建统治阶级通过苛税对劳动人民的压迫和剥削，表达了对劳动人民的同情。

字词直通车

❶ 以啮（niè）人：如果（蛇）用牙咬人。以，假设连词，如果。
❷ 腊（xī）：这里指把蛇肉晾干；饵：指药饵。❸ 已：止，治愈；大风：麻风病；挛踠（luánwǎn）：手脚弯曲不能伸展；瘘（lòu）：脖子肿；疠（lì）：毒疮、恶疮。❹ 嗣：继承。❺ 几（jī）：几乎，差点儿；数（shuò）：屡次，多次。❻ 汪然：满眼含泪的样子。❼ 生：使……活下去。❽ 若：比得上。
❾ 病：困苦不堪。❿ 顿踣（bó）：（劳累地）跌倒在地上。⓫ 藉（jiè）：枕垫。⓬ 曩（nǎng）：从前。⓭ 隳（huī）突：骚扰。⓮ 虽：即使。
⓯ 恂（xún）恂：小心谨慎的样子；提心吊胆的样子。⓰ 缶（fǒu）：瓦罐。⓱ 时：到（规定献蛇的）时候。⓲ 齿：这里指年龄。
⓳ 旦旦：天天；是：这，指冒死亡的危险。

译文

永州的野外出产一种奇特的蛇，它有着黑色的底子白色的花纹；如果这种蛇碰到草木，草木全都干枯而死；如果咬了人，没有能够抵挡伤毒的方法。然而捉到后将它晾干拿来做药引，可以用来治疗麻风、手脚蜷曲、脖肿、恶疮，去除死肉，杀死人体内的寄生虫。起初，太医用皇帝的命令征集这种蛇，每年征收这种蛇两次，招募能够捕捉这种蛇的人，充抵他的赋税缴纳。永州的人都争着去做捕蛇这件事。

有个姓蒋的人家，享有这种好处已经三代了。我问他，他却说："我的祖父死在捕蛇这件差事上，我父亲也死在这件事情上。现在我继承祖业干这差事也已十二年了，好几次也险些丧命。"他说这番话时，脸上很忧伤的样子。

我同情他，并且说："你怨恨捕蛇这件事吗？我打算告诉管理政事的地方官，让他更换你的差事，恢复你的赋税，你觉得怎么样？"

蒋氏听了更加悲伤，满眼含泪地说："你是哀怜我，使我活下去吗？然而我干这差事的不幸，还比不上恢复我缴纳赋税的不幸那么厉害呀！假使我不干这差事，那我就早已困苦不堪了。自从我家三代住到这个地方，到现在已经六十年了，可乡邻们的生活一天天地窘迫，把他们土地上生产出来的都拿去，把他们

（皇上要这个做药，你们都去抓！）

（我的祖父和父亲都是被毒蛇毒死的。）

柳宗元——从贵族青年到孤勇者

63

家里的收入也尽数拿去交租税仍不够，只得号啕痛哭辗转逃亡，又饥又渴倒在地上，一路上顶着狂风暴雨，冒着严寒酷暑，呼吸着带毒的疫气，一个接一个死去，尸体草草堆放。从前和我祖父同住在这里的，现在十户当中剩不下一户了；和我父亲住在一起的人家，现在十户当中只有不到两三户了；和我一起住了十二年的人家，现在十户当中只有不到四五户了。那些人家不是死了就是迁走了。可是我却凭借捕蛇这个差事才存活了下来。凶暴的官吏来到我乡，到处吵嚷叫嚣，到处骚扰，那种喧闹叫嚷着惊扰乡民的气势，不要说人即使鸡狗也不能够安宁啊！我就小心翼翼地起来，看看我的瓦罐，我的蛇还在，就放心地躺下了。我小心地喂养蛇，到规定的日子把它献上去。回家后有滋有味地吃着田地里出产的东西，来度过我的余年。估计一年当中冒死的情况只是两次，其余时间我都可以快快乐乐地过日子。哪像我的乡邻们那样天天都有死亡的威胁呢！现在我即使死在这差事上，与我的乡邻相比，我已经死在他们后面了，又怎么敢怨恨捕蛇这件事呢？"

　　我越听越悲伤。孔子说："苛酷的统治比老虎还要凶猛啊！"我曾经怀疑过这句话，现在根据蒋氏的遭遇来看这句话，还真是可信的。唉！谁知道苛捐杂税的毒害比这种毒蛇的毒害更厉害呢！所以我写了这篇文章，以期待那些朝廷派遣来考察民情的人得知这一情况。

知识小百科

"苛政猛于虎"的出处

"苛政猛于虎"出自《礼记·檀弓下》。

孔子和弟子们路过泰山脚下，遇到一个妇人在墓前哭得很悲伤。孔子扶着车前的横木听到妇人的哭声，让子路前去问那个妇人。子路问道："听你这样哭，实在像连着有了几件伤心事似的。"

妇人就说："没错，之前我的公公被老虎咬死了，后来我的丈夫又被老虎咬死了，现在我的儿子又死在了老虎口中！"

孔子问："那为什么不离开这里呢？"

妇人回答说："这里没有繁重的赋税和徭役。"

孔子对弟子们说："你们要记住这件事，苛刻残暴的政令，比老虎还要凶猛可怕啊！"

后世用"苛政猛于虎"来比喻苛重的政令和赋税比老虎还要凶猛可怕。除了柳宗元在《捕蛇者说》中引用"苛政猛于虎"的典故，清朝人刘鹗的《老残游记》中第六回写道："因天时尚早，复到街上访问本府政绩，竟是一口同声说好，不过都带有惨淡颜色，不觉暗暗点头，深服古人'苛政猛于虎'一语真是不错。"也用"苛政猛于虎"来针砭当时的清政府的横征暴敛。

黔之驴

　　黔[1]无驴，有好事者船载以入。至则无可用，放之山下。虎见之，庞然大物也，以为神。蔽林间窥之，稍出近之，慭慭然[2]，莫相知。

　　他日，驴一鸣，虎大骇，远遁，以为且噬[3]己也，甚恐。然往来视之，觉无异能者。益[4]习其声，又近出前后，终不敢搏。稍近，益狎[5]，荡倚冲冒[6]，驴不胜怒，蹄之。虎因喜，计之[7]曰："技止此耳！"因跳踉大㘎[8]，断其喉，尽其肉，乃[9]去。

　　噫！形之庞也类[10]有德，声之宏也类有能。向[11]不出其技，虎虽猛，疑畏，卒不敢取。今若是[12]焉，悲夫！

题解

　　《黔之驴》是柳宗元被贬任永州司马时写的《三戒》中的一篇。这是一篇寓言小品。这篇文章表明能力与形貌并不成正比，外强者往往中干；假如缺乏对付对手的本领，那就不要将自己的才技一览无遗地展示出来，以免自取其辱。此文旨在讽刺那些无能而又肆意逞志的人，影射当时统治集团中官高位显、仗势欺人而无才无德、外强中干的某些上层人物。

字词直通车

　　❶黔（qián）：即唐代黔中道。❷慭（yìn）慭然：惊恐疑惑、小心谨慎的样子。❸且：将要；噬（shì）：咬。❹益：逐渐。❺狎（xiá）：亲近而态度不庄重。❻荡：碰撞；倚：靠近；冲冒：冲击冒犯。❼计之：盘算着这件事。❽跳踉（liáng）：跳跃；㘎（hǎn）：怒吼。❾乃：才。❿类：似乎，好像。⓫向：以前，当初。⓬是：这样。

译文

　　黔地这个地方本来没有驴，有一个喜欢多事的人用船运来一头驴到这里。运到后却没有什么用处，就把它放置在山脚下。老虎看到它是个庞然大物，以为它是什么神物，就躲在树林里偷偷看它，渐渐小心地靠近它，惊恐疑惑，不知道它是什么东西。

　　之后的一天，驴叫了一声，老虎大吃一惊，跑得远远的，认为驴要咬自己，非常害怕。但是老虎来来回回地观察它，觉得它并没有什么特别的本领。渐渐地，老虎熟悉了驴的叫声，又前前后后地靠近它，但始终不敢与它搏斗。老虎渐渐地靠近驴子，态度越来越轻蔑，轻慢地碰撞、依靠、冲撞、冒犯它。驴非常愤怒，用蹄子踢老虎。老虎因此而

很高兴，盘算这件事："驴的本领只不过这样罢了！"于是跳起来大吼了一声，咬断了驴的喉咙，吃光了它的肉，这才离开。

　　唉！外形庞大好像很有道行，声音洪亮好像很有本领。当初如果不使出它的那点本领，老虎即使凶猛，但由于多疑、畏惧，终究不敢猎取驴子。如今落得这样的下场，真是可悲啊！

知识小百科

柳宗元的《三戒》

《三戒》创作于柳宗元被贬永州期间。在永州十年里，柳宗元对人生和社会有了更加丰富的考察和体悟，于是，他将其中足以垂戒世人的现象，写成寓言，以示劝惩。正如他在序言中所说：

> 编成故事，看你们能奈我何？

"我常常痛恨世人不知道要从自己的实际情况出发来考虑问题，而是仰仗外物逞强。有的人倚仗权势触犯他人的利益，实施权术伎俩激怒强者，利用时机肆意猖狂，这样终致招来祸患。有位客人谈论麋、驴、鼠这三种动物，与此十分相似，因此写下了《三戒》。"

《三戒》，顾名思义，包含三篇短文，分别是《临江之麋》《黔之驴》和《永某氏之鼠》。

《临江之麋》一篇以揶揄的口吻讽喻了社会上"依势以干非其类"的人。"忘己之麋"任性妄为，冒犯外物，以寻得快

乐，可当它失去了主人的庇护，轻而易举地就被外犬"共杀食之"。

《黔之驴》深刻地批判了无才无能却又惯于逞能炫耀的"叫驴"式人物。结合柳宗元当时的遭遇，可见他是针对政敌而写，讽刺了当时统治集团中某些官高位显、仗势欺人而无才无德、外强中干的上层人物。

《永某氏之鼠》嘲讽了社会上"窃时以肆暴"的一类人。这类人抓住侥幸得到的机会胡作非为，以为能够"饱食无祸为可恒"，让人深恶痛绝。

这些寓言短小精悍、生动形象、入情入理，且寓意深厚，在艺术上达到了很高的境界。

欧阳修

从朝堂之争到《醉翁亭记》

骈文终结者，北宋古文运动的积极参与者和推动者

学术多面手——经学、史学、金石学等方面都有卓著的成就，堪称一代通才

中国有史以来第一部金石考古专著——《集古录》

政治家——推行"庆历新政"

文学家——唐宋八大家之一，"千古文章四大家"之一

史学家——主修《新唐书》，独撰《新五代史》

尽管仕途不顺，却桃李满天下，是大宋最牛伯乐，曾巩、王安石、苏洵父子等都受到他的提携和栽培

人物介绍

欧阳修（1007—1072年），字永叔，号醉翁，晚号六一居士，吉州永丰（今属江西）人。

主要身份：北宋政治家、文学家、史学家

主要擅长：散文、词、诗

主要作品：《欧阳文忠公集》《六一词》

主要成就：参与撰写《新唐书》，独撰《新五代史》，著有中国有史以来第一部金石考古专著《集古录》。

◎ **1007 年**

欧阳修出生于四川绵州，此时他的父亲已经五十六岁。

◎ **1010 年**

父亲去世。欧阳修随母投奔叔叔欧阳晔。欧阳修的母亲出身江南名门望族，知书达礼，用芦秆当笔，在沙地上教他读书写字。由此诞生了成语"画荻教子"。

◎ **1030 年**

欧阳修进士及第。欧阳修被恩师胥偃"榜下捉婿"，娶老师的女儿胥氏。

◎ **1036 年**

因为范仲淹讽刺宰相吕夷简被罢黜，欧阳修责备谏官失职，受到牵连被贬为夷陵（今湖北宜昌）县令。

◎ **1040 年**

被召回京，复任馆阁校勘，编修《崇文总目》。十月，转太子中允，同修礼书。

◎ **1043 年**

参与范仲淹推行的"庆历新政"，连上奏疏，提出改革主张，得皇帝仁宗赏识。

◎ **1045 年**

"庆历新政"失败，被贬为滁州太守。在此期间，欧阳修开始以"醉翁"为号，写下千古名篇《醉翁亭记》。

◎ **1054 年**

被调回京城，开始和宋祁一起同修《新唐书》，同时自修了一部纪传体史书《五代史记》，即《新五代史》，这是唐宋以后唯一的私修正史。

◎ **1057 年**

主持进士考试，在他的主持下，诞生了史上最强榜单，苏轼、苏辙、曾巩等人都被录取。

◎ **1060 年**

升任枢密副使，次年八月转户部侍郎、参知政事，自此得以位列宰执。

◎ **1071 年**

以太子少师身份成功退休，选择了回颍州养老。

◎ **1072 年**

一代文坛巨匠，在家中病逝，享年六十六岁。

醉翁亭记

　　环滁[1]皆山也。其西南诸峰，林壑尤美，望之蔚然[2]而深秀者，琅琊也。山行六七里，渐闻水声潺潺[3]，而泻出于两峰之间者，酿泉也。峰回路转，有亭翼然[4]临于泉上者，醉翁亭也。作亭者谁？山之僧智仙也。名[5]之者谁？太守自谓[6]也。太守与客来饮于此，饮少辄[7]醉，而年又最高，故自号曰醉翁也。醉翁之意不在酒，在乎山水之间也。山水之乐，得之心而寓之酒也[8]。

　　若夫日出而林霏[9]开，云归而岩穴暝[10]，晦明变化者，山间之朝暮也。野芳发而幽香，佳木秀而繁阴，风霜高洁，水落而石出者，山间之四时也。朝而往，暮而归，四时之景不同，而乐亦无穷也。

　　至于负者[11]歌于途，行者休于树，前者呼，后者应，伛偻提携[12]，往来而不绝者，滁人游也。临溪而渔，溪深而鱼肥，酿泉为酒，泉香而酒洌，山肴野蔌[13]，杂然而前陈[14]者，太守宴也。宴酣[15]之乐，非丝非竹[16]，射[17]者中，弈[18]者胜，觥筹交错[19]，起坐而喧哗者，众宾欢也。苍颜白发，颓然乎其间者，太守醉也。

　　已而[20]夕阳在山，人影散乱，太守归而宾客从也。树林阴翳[21]，鸣声上下，游人去而禽鸟乐也。然而禽鸟知山林之乐，而不知人之乐；人知从太守游而乐，而不知太守之乐[22]其乐也。醉能同其乐，醒能述以文者，太守也。太守谓谁？庐陵欧阳修也。

题解

宋仁宗庆历五年（1045年），参知政事范仲淹等人遭谗离职，欧阳修上书替他们分辩，被贬到滁州做了两年知州。到任以后，他内心抑郁，但为政"宽简而不扰"，官民称便。此篇是欧阳修被贬滁州期间所作，堪称流丽自然之典范。

字词直通车

①环滁（chú）：环绕着滁州城。环，环绕。滁，滁州。②蔚然：草木茂盛的样子。③潺（chán）潺：流水声。④翼然：像鸟张开翅膀一样。⑤名：名词作动词，命名。⑥自谓：自称，用自己的别号来命名。⑦辄（zhé）：就，总是。⑧得：领会；寓：寄托。⑨林霏：树林中的雾气。⑩暝：昏暗。⑪负者：背着东西的人。⑫伛偻（yǔlǚ）：老年人；提携：指小孩子。⑬山肴：野味；野蔌（sù）：野菜。蔌，菜蔬。⑭杂然：杂乱的样子；陈：摆放，摆设。⑮酣（hān）：尽情地喝酒。⑯丝：琴、瑟之类的弦乐器；竹：箫笛一类的竹制乐器的代称。⑰射：这里指投壶，宴饮时的一种游戏。⑱弈：下围棋。⑲觥筹（gōngchóu）交错：酒杯和酒筹交互错杂。⑳已而：不久。㉑阴翳（yì）：形容枝叶茂密成荫。㉒乐：意动用法，以……为乐。

译文

环绕滁州城的都是山。那西南方的几座山峰，树林和山谷格外秀美。一眼望去，树木茂盛，又幽深又秀丽的，是琅琊山。沿着山路走六七里，渐渐听到潺潺的流水声，看到流水从两座山峰之间倾泻而出的，那是酿泉。山势回环，道路弯转，有一座亭子像飞鸟展翅一样飞架在泉上，那就是醉翁亭。建造这亭子的是谁呢？是山上的和尚智仙。给它取名的又是谁呢？是太守用自己的别号（醉翁）来命名。太守和他的宾客们来这儿饮酒，只喝一点儿就醉了；而且年纪又最大，所以自号"醉翁"。醉翁的情趣不在于喝酒，而在于欣赏山水美景。欣赏山水美景的乐趣，领会在心里，寄托在酒上。

太阳升起，树林里的雾气消散，云雾聚拢，山谷就显得昏暗了；早上则自暗而明，傍晚则自明而暗，阴暗明亮，变化不一，这就是山中的朝暮。野花开了，散发出清幽的香味；挺拔的树木枝繁叶茂，形成一片浓密的绿荫；天高气爽，霜色洁白；水落下去，水底的石头就露出来，这就是山中的四季变化。清晨前往，黄昏归来，四季的风光不同，乐趣也是无穷无尽的。

背着东西的人在路上欢唱，行人在树下休息，前面的招呼，后面的答应；弯着腰走的老人，被拉着抱着的小孩子，来来往往不断的行人，是滁州的游客。靠近溪边钓鱼，溪水深并且鱼肉肥美；用酿泉酿造酒，泉水清香并且酒也甘洌；野味野菜，杂乱地摆放在面前的，那是太守主办的宴席。宴会尽情饮酒的乐趣，不在于音乐；投壶的人投中了，下棋的赢了，酒杯和酒筹交互错杂；时起时坐大声喧闹的人，是欢乐的宾客们。一位容颜苍老，头发花白的人醉醺醺地倒卧在众人中间，是喝醉了的太守。

今晚有鱼吃了！

不久，太阳下山了，人影散乱，宾客们跟随太守回去了。树林里的枝叶茂密成荫，禽鸟在高处低处鸣叫，是游人离开后鸟儿在欢乐地跳跃。但是鸟儿只知道山林中的快乐，却不知道人们的快乐；而人们只知道跟随太守游玩的快乐，却不知道太守以游人的快乐为快乐。醉了能够和大家一起欢乐，醒来能够用文章记述这乐事的人，那就是太守啊。太守是谁呢？是庐陵人欧阳修。

你们开心就是我最大的快乐！

知识小百科

中国的四大名亭

　　"亭者，停也。人所停集也。"汉代重要训诂学著作《释名》如此解释"亭"。亭是一种中国传统建筑，源于周代，是设在边防要塞的小堡垒，设有亭吏。到了秦汉，亭子已不仅仅用于军事，成为地方维护治安的基层组织所使用的建筑。

休息一下。

驿

　　按照亭子的功能分类，大概有四种类型：①亭作为乡里之间的基层行政单位。依据秦制，乡村十里设一亭。②设置在城市中的亭子。例如：都亭、街亭、市亭、旗亭等等。③设在边防城墙、军事要塞处的亭侯、亭障、亭燧等。④设在交通要道上，作为驿站，作为邮递、停歇之用，称为"邮亭""驿亭"，或者"亭传"。汉代之后，官用的亭传渐渐被废弃，但是在交通要道和村口、路旁设路亭，在江边设渡亭的习俗仍在民间沿袭，这些民用亭子用于旅人旅途停歇之用，也是作别亲友、迎来宾客的礼仪场所。

此亭甚好！既能看风景又可乘凉。

亭一般为开敞式结构，没有围墙，顶部可分为六角、八角、圆形等多种形状。因为造型轻巧，选材不拘，布设灵活而被广泛应用在园林建筑之中。

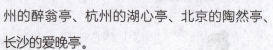

中国四大名亭，是我国古代因文人雅士的诗歌文章而闻名的景点，它们分别是滁州的醉翁亭、杭州的湖心亭、北京的陶然亭、长沙的爱晚亭。

醉翁亭位于安徽省滁州市西南琅琊山麓，始建于北宋庆历七年（1047年），由唐宋八大家之一的欧阳修命名。

湖心亭，位于浙江省杭州市西湖

中央，湖心亭与三潭印月、阮公墩合称湖中三岛，湖心亭为"蓬莱"，三潭印月是"瀛洲"，阮公墩是"方丈"，湖心亭历史非常悠久，是西湖三岛中最早营建的岛，"湖心平眺"在清代的时候被列为"钱塘十八景"之一。陶然亭，位于北京市西城区陶然亭公园，取唐代诗人白居易"更待菊黄家酿熟，共君一醉一陶然"的诗意。爱晚亭位于岳麓书院后青枫峡的小山上，为清代岳麓书院山长罗典创建，原名红叶亭，又名"爱枫亭"，后根据唐代诗人杜牧《山行》而改名为"爱晚亭"。

秋声赋

欧阳子方①夜读书，闻有声自西南来者，悚然②而听之，曰："异哉！"初淅沥以萧飒③，忽奔腾而砰湃，如波涛夜惊，风雨骤至。其触于物也，鏦鏦铮铮④，金铁皆鸣；又如赴敌之兵，衔枚⑤疾走，不闻号令，但闻人马之行声。余谓童子："此何声也？汝出视之。"童子曰："星月皎洁，明河⑥在天，四无人声，声在树间。"

余曰："噫嘻悲哉！此秋声也，胡为而来哉？盖夫秋之为状也：其色惨淡，烟霏云敛⑦；其容清明，天高日晶；其气栗冽，砭⑧人肌骨；其意萧条，山川寂寥。故其为声也，凄凄切切，呼号愤发。丰草绿缛⑨而争茂，佳木葱茏而可悦；草拂之而色变，木遭之而叶脱。其所以摧败零落者，乃其一气⑩之余烈。夫秋，刑官⑪也，于时为阴；又兵象也，于行用金；是谓天地之义气，常以肃杀而为心。天之于物，春生秋实，故其在乐也，商声主西方之音，夷则为七月之律。商，伤也，物既老而悲伤；夷，戮也，物过盛而当杀。"

"嗟乎！草木无情，有时[12]飘零。人为动物，惟物之灵，百忧感其心，万事劳其形，有动于中，必摇其精。而况思其力之所不及，忧其智之所不能，宜其渥[13]然丹者为槁木，黟[14]然黑者为星星[15]。奈何以非金石之质，欲与草木而争荣？念谁为之戕贼[16]，亦何恨乎秋声！"

童子莫对，垂头而睡。但闻四壁虫声唧唧，如助余之叹息。

题解

《秋声赋》通过对秋天的声音和景象的描绘，抒发了作者对人生的苦闷与感叹，同时也表达了对政治现实的无奈和不满。此赋是欧阳修继《醉翁亭记》后的又一名篇，它骈散结合，铺陈渲染，词采讲究，是宋代文赋的典范。

字词直通车

① 方：正在。② 悚（sǒng）然：惊惧的样子。③ 萧飒（sà）：形容风吹树木的声音。④ 鏦（cōng）鏦铮（zhēng）铮：金属相击的声音。⑤ 衔枚：古时行军或袭击敌军时，让士兵衔枚以防出声。⑥ 明河：天河。⑦ 云敛：云雾密聚。⑧ 砭（biān）：这里引申为刺的意思。⑨ 绿缛（rù）：碧绿繁茂。⑩ 一气：指构成天地万物的浑然之气。⑪ 刑官：执掌刑狱的官。⑫ 有时：有固定时限。⑬ 渥（wò）：红润的脸色。⑭ 黟（yī）：黑。⑮ 星星：鬓发花白的样子。⑯ 戕（qiāng）贼：摧残。

译文

欧阳先生（欧阳修自称）夜里正在读书，（忽然）听到有声音从西南方向传来，心里不禁悚然，侧耳倾听，说道："奇怪啊！"这声音初听时像淅淅沥沥的雨声，其中还夹杂着萧萧飒飒的风吹树木声，然后忽然变得汹涌澎湃起来，像是江河夜间波涛突起、风雨骤然而至。碰到物体上发出铿锵之声，又好像金属撞击的声音，再（仔细）听，又像衔枚奔走去袭击敌人的军队，听不到任何号令声，只听见有人马行进的声音。（于是）我对童子说："这是什么声音？你出去看看。"童子回答说："月色皎皎，星光灿烂，浩瀚银河，高悬中天，四下里没有人的声音，那声音是从树林间传来的。"

我叹道："唉，可悲啊！这就是秋声呀？大概是那秋天的样子，它的色调暗淡、烟飞云收；它的形貌清新明净，天空高远，日色明亮；它的气候寒冷、刺人肌骨；它的意境寂寞冷落，没有生气，川流寂静，山林空旷。所以它发出的声音时而凄凄切切，时而呼号发声迅猛，不可遏止。绿草浓密丰美，争相繁茂，树木青翠茂盛而使人快乐。然而，一旦秋风吹起，拂过草地，草就要变色；掠过森林，树就要落叶。它之所以能折断枝叶、凋落花草，使树木凋零，是因为一种构成天地万物的浑然之气（秋气）的余威。秋天是刑官执法的季节，它在季节上说属于阴；秋天又是兵器和用兵的象征，在五行上属于金。这

就是常说的天地严凝之气，它常常以肃杀为意志。自然界对于万物，是要它们在春天生长，在秋天结实。所以，秋天在音乐的五声中又属商声。商声是西方之声，夷则是七月的曲律之名。商，也就是'伤'的意思，万物衰老了，都会悲伤。夷，是杀戮的意思，草木过了繁盛期就应该衰亡。"

商声

"唉！草木是无情之物，尚有衰败零落之时。人为动物，在万物中又最有灵性，无穷无尽的忧虑煎熬他的心绪，无数琐碎烦恼的事来劳累他的身体。只要内心被外物触动，就一定会动摇他的精神。更何况常常思考自己的力量所做不到的事情，忧虑自己的智慧所不能解决的问题。自然会使他红润的面色变得苍老枯槁，乌黑的头发（壮年）变得鬓发花白（年老）。既然这样，为什么却要以并非金石的肌体，去像草木那样争一时的荣盛呢？（人）应当仔细考虑究竟是谁给自己带来了这么多残害，又何必去怨恨这秋声呢？"

书童没有应答，低头沉沉睡去。只听得四周虫鸣唧唧，像在附和我的叹息。

知识小百科

六部尚书为何被称为天地春夏秋冬六官？

六部尚书被称为"天地双官"和"春夏秋冬四官"的原因与古代宇宙观念相关。古代中国宇宙观念认为，世间存在着天、地、春、夏、秋、冬六大元素，每个元素都有其独特的属性和特点。这个观念在政治上得到了体现，将六部尚书与这六大元素相对应，以表达它们在国家政治中的不同职能和地位。具体来说：

吏部尚书为天官，负责官员选拔和管理，相当于现代的人事部门。因为官员与朝廷有着紧密联系，所以吏部被视为与"天"（天子）关系密切的部门，因此称为"天官"。

户部尚书为地官，负责管理国家的财政和人口统计，与国家的土地、财富和人民息息相关，被看作是与"地"（国土）紧密相连的部门，因此称为"地官"。

春天来了，宴会搞起来！

春官

礼部尚书为春官，负责国家的礼仪、宴会和外交事务，这些活动通常在春季举行，因此称为"春官"。

招募啦！招募啦！

夏官

兵部尚书为夏官，负责军事事务，包括招募和管理军队，因为战争通常在夏季发生，所以称为"夏官"。

刑部尚书为秋官，负责刑法和司法事务，秋季是收获季节，同时也是审判罪犯和执行刑罚的时候，因此称为"秋官"。

工部尚书为冬官，负责工程建设和国家基础设施，冬季是适合进行修建工程的时候，因此称为"冬官"。

秋官

冬官

冬天来了，加油干哪！

卖油翁

　　陈康肃公①善射，当世无双，公亦以此自矜②。尝射于家圃③，有卖油翁释担④而立，睨⑤之久而不去。见其发矢十中八九，但微颔⑥之。

　　康肃问曰："汝亦知射乎？吾射不亦精乎？"翁曰："无他，但手熟尔。"康肃忿然曰："尔安敢轻⑦吾射！"翁曰："以我酌⑧油知之。"乃取一葫芦置于地，以钱覆其口，徐以杓酌油沥⑨之，自钱孔入，而钱不湿。因曰："我亦无他，惟⑩手熟尔。"康肃笑而遣之⑪。

　　此与庄生所谓"解牛""斫轮"⑫者何异？

87

唐宋八大家 一读就懂 一学就会 不用背

题解

　　《卖油翁》是一则写事明理的寓言故事，此故事记述卖油翁以纯熟的酌油技术折服了自命不凡的善射手陈尧咨，文中既有对卖油翁自钱孔滴油技能的描写，也兼有对技能获得途径的议论。这则故事告诉人们一个深刻的道理：实践出真知，熟能生巧。

字词直通车

❶ 陈康肃公：陈尧咨，谥号康肃，北宋人。❷ 自矜（jīn）：自夸。
❸ 家圃（pǔ）：家里（射箭的）场地。❹ 释担：放下担子。❺ 睨（nì）：斜着眼看。❻ 颔（hàn）：点头。❼ 轻：看轻，轻视。❽ 酌（zhuó）：这里指倒油。❾ 杓（sháo）：同"勺"，勺子；沥：注。❿ 惟：只，不过。
⓫ 遣之：让他走，打发。⓬ "解（jiě）牛""斫（zhuó）轮"：指"庖丁解牛"和"轮扁斫轮"两个寓言故事。

我称第一，没人敢称第二。

康肃公陈尧咨擅长射箭，当时世上没有第二个人能跟他相媲美，他也凭借这种本领而自夸。曾经有一次，他在家里的场地射箭，有个卖油的老翁放下担子，站在那里不在意地看着他，很久都不离开。卖油的老翁看他射十箭中了八九次，只是微微点头。

陈尧咨问卖油翁："你也懂得射箭吗？我的箭法不高明吗？"卖油的老翁说："没有别的奥妙，不过是手法熟练罢了。"陈尧咨听后气愤地说："你怎么敢看轻我射箭的本领！"老翁说："凭我倒油的经验知道这个道理。"于是拿出一个葫芦放在地上，把一枚铜钱盖在葫芦口上，慢慢地用油勺舀油注入葫芦里，油从钱孔注入而钱却没有湿。于是说："我也没有别的奥妙，只不过是手法熟练罢了。"陈尧咨笑着将他打发走了。

这与庄子所讲的庖丁解牛、轮扁斫轮的故事，有什么不同呢？

你为什么不夸我？

一般，一般，熟能生巧而已。

唐宋八大家 一读就懂一学就会 不用背

庖丁解牛的故事

　　"庖丁解牛"是先秦道家学派代表人物庄子（庄周）创作的寓言故事。文章原意是用来说明养生之道的，借此揭示做人做事都要顺应自然规律的道理。

　　只见庖丁注目凝神，提气收腹，气运丹田，他表情凝重，运足气力，挥舞牛刀，寒光闪闪上下舞动，劈如闪电掠长空，刺如惊雷破山岳，只听"咚"的一声，大牛应声倒地。

　　再看庖丁手掌朝这儿一伸，肩膀往那边一顶，伸脚往下面一抻，屈膝往那边一撩，动作轻快灵活。庖丁将屠刀刺入牛身，皮肉与筋骨剥离的声音，与他运刀时的动作互相配合，显得是那样和谐一致，美妙动人。就像踏着商汤时代的乐曲《桑林》起舞一般，而解牛时所发出的声响也与尧乐《经首》十分合拍，这样的场景真是太美妙了。不一会儿，就听到"哗啦"一声，整个牛就解体了。

站在一旁的梁惠王不觉看呆了，他禁不住高声赞叹道："啊呀，真了不起！你宰牛的技术怎么会这么高超呢？"

庖丁见问，赶紧放下屠刀，对梁惠王说："我做事比较喜欢探究事物的规律，因此比一般的技术技巧要更高一筹。我在刚开始学宰牛时，因为不了解牛的身体构造，眼前所见无非就是一头头庞大的牛，等到我有了三年的宰牛经历以后，我对牛的构造就完全了解了。现在我宰牛多了以后，就只需用心灵去感触牛，而不必用眼睛去看它。"

"我的这把刀已经用了十九年了，宰杀过的牛不下千头，可是刀口还像刚在磨刀石上磨过一样的锋利。"

庄子以刀喻人，认为人只要掌握了客观规律，灵活运用，就能获得真正的自由。

梁惠王

好技术呀！

了解牛的身体构造＋勤奋练习是我的秘密法宝哦。

朋党论

臣闻朋党之说，自古有之，惟幸^①人君辨其君子、小人而已。大凡君子与君子以同道^②为朋，小人与小人以同利为朋，此自然之理也。

然臣谓小人无朋，惟君子则有之。其故何哉？小人所好者禄利也，所贪者财货也。当其同利之时，暂相党引^③以为朋者，伪也。及其见利而争先，或利尽而交疏，则反相贼害，虽其兄弟亲戚不能相保。故臣谓小人无朋，其暂为朋者，伪也。君子则不然。所守者道义，所行者忠信，所惜者名节^④。以之修身，则同道而相益；以之事国，则同心而共济^⑤，终始如一，此君子之朋也。故为人君者，但当退^⑥小人之伪朋，用君子之真朋，则天下治矣。

尧之时，小人共工、驩兜等四人^⑦为一朋，君子八元、八恺^⑧十六人为一朋。舜佐尧退四凶小人之朋，而进元、恺君子之朋，尧之天下大治。及舜自为天子，而皋、夔、稷、契^⑨等二十二人并列于朝，更相^⑩称美，更相推让，凡二十二人为一朋，而舜皆用之，天下亦大治。《书》^⑪曰："纣有臣亿万，惟亿万心；周^⑫有臣三千，惟一心。"纣之时，亿万人各异心，可谓不为朋矣，然纣以亡国。周武王之臣三千人为一大朋，而周用^⑬以兴。后汉献帝时，尽取天下名士囚禁之，目^⑭为党人。及黄巾贼起，汉室大乱，后方悔

悟，尽解党人而释之，然已无救矣。唐之晚年，渐起朋党之论。及昭宗时，尽杀朝之名士，咸投之黄河，曰："此辈清流，可投浊流。"而唐遂亡矣。

夫前世之主，能使人人异心不为朋，莫如纣；能禁绝善人为朋，莫如汉献帝；能诛戮清流之朋，莫如唐昭宗之世，然皆乱亡其国。更相称美推让而不自疑，莫如舜之二十二臣，舜亦不疑而皆用之。然而后世不诮^⑮舜为二十二人朋党所欺，而称舜为聪明之圣者，以能辨君子与小人也。周武之世，举其国之臣三千人共为一朋，自古为朋之多且大莫如周。然周用此以兴者，善人虽多而不厌^⑯也。

夫兴亡治乱之迹，为人君者可以鉴矣！

题解

这是欧阳修在庆历四年（1044年）向宋仁宗上的一篇奏章，目的是驳斥保守派的攻击，辩朋党之诬。他采用以退为进的方式，指出了"君子之党"与"小人之党"在道义与利益追求上的区别，的同时，创造性论证"君子有朋，小人无朋"的观点。文章实践了欧阳修"事信、意新、理通、语工"的理论主张。全文通篇对比，具有深刻的揭露作用和强大的批判力量，而排偶句式的穿插运用，又增加了文章议论的气势，很有特色。

字词直通车

❶ 幸：希望。❷ 道：一定的政治主张或思想体系。❸ 党引：勾结。❹ 名节：名誉气节。❺ 济：取得成功。❻ 退：排除，排斥。❼ 共工、驩兜（huāndōu）等四人：指共工、驩兜、鲧（gǔn）、三苗，被舜放逐的"四凶"。❽ 八元、八恺：都是上古有才的人。❾ 皋（gāo）、夔（kuí）、稷（jì）、契（xiè）：传说舜时的贤臣。❿ 更（gēng）相：互相。⓫ 书：《尚书》，也称《书经》。⓬ 周：指周武王。⓭ 用：因此。⓮ 目：作动词用，看作。⓯ 诮（qiào）：责备。⓰ 厌：通"餍"（yàn），满足。

译文

臣听说关于朋党的言论是自古就有的，只是希望君主能分清他们是君子还是小人就好了。大概君子与君子因志趣一致而结为朋党，而小人则因利益相同而结为朋党，这是很自然的规律。

我要反驳！

但是臣以为：小人并无朋党，只有君子才有。这是什么原因呢？小人所爱所贪的是薪俸钱财。当他们利益相同的时候，暂时地互相勾结成为朋党，那是虚假的；等到他们见到利益而争先恐后，或者利益已尽而交情淡漠之时，就会反过来互相残害，即使是兄弟亲戚，也不会互相保护。所以说小人并无朋党，他们暂时结为朋党，也是虚假的。君子就不是这样：他们坚持的是道义，履行的是忠信，珍惜的是名节。用这些来提高自身修养，那么志趣一致就能相互补益。用这些来为国家做事，那么观点相同就能共同前进。始终如一，这就是君子的朋党啊。所以做君主的，只要能斥退小人的假朋党，进用君子的真朋党，那么天下就可以安定了。

自古以来，小人没朋党，君子才有朋党。

你是不是结党派？

唐尧的时候，小人共工、驩兜等四人结为一个朋党，君子八元、八恺等十六人结为一个朋党。舜辅佐尧，斥退"四凶"的小人朋党，而进用"元、恺"的君子朋党，唐尧的天下因此非常太平。等到虞舜自己做了天子，皋陶、夔、稷、契等二十二人同时列位于朝廷。他们互相推举，互相谦让，一共二十二人结为一个朋党。但是虞舜全都进用他们，天下也因此得到大治。《尚书》上说："商纣有亿万臣，是亿万条心；周有三千臣，却是一条心。"商纣王的时候，亿万人各存异心，可以说不成朋党了，于是纣王因此而亡国。周武王的臣下，三千人结成一个大朋党，但周朝却因此而兴

盛。汉献帝的时候，把天下名士都关押起来，把他们视作"党人"。等到黄巾贼来了，汉王朝大乱，然后才悔悟，解除了党锢释放了他们，可是局势已经无可挽救了。唐朝的末期，逐渐生出朋党的议论，到了昭宗时，把朝廷中的名士都杀害了，投入黄河中，说什么"这些人自命为清流，应当把他们投到浊流中去"。唐朝也就随之灭亡了。

前代的君主，能使人人异心不结为朋党的，谁也不及商纣王；能禁绝好人结为朋党的，谁也不及汉献帝；能杀害"清流"们的朋党的，谁也不及唐昭宗，但是都由此给他们的国家招来混乱，以至灭亡。互相推举谦让而不疑忌的，谁也不及虞舜的二十二位大臣，虞舜也毫不猜疑地任用他们。但是后世并不讥笑虞舜被二十二人的朋党所蒙骗，却赞美虞舜是聪明的圣主，原因就在于他能区别君子和小人。周武王时，全国所有的臣下三千人结成一个朋党，自古以来作为朋党人数又多势力又大的，谁也不及周朝；然而周朝因此而兴盛，原因就在于善良之士虽多，武王却不感到满足。

前代治乱兴亡的过程，为君主的可以作为借鉴了。

知识小百科

上古四凶

上古四凶也被用来代指上古四大凶兽，是中国古代神话传说中的四个恶兽，它们分别是：

混沌——象征着混乱和无序。它的形象多种多样，但通常被描述为长得像狗，长毛，有四只脚，似熊而无爪，有目而不见，所以，后世称是非不分的人为"混沌"，代表是非不分。

穷奇——象征着恶行和背叛。它的形象也因不同的记载而异，有时被描述为长有翅膀的老虎，其行为多为负面象征。

梼杌（táowù）——梼杌是生活在西方大荒的凶兽，它形状像老虎，它的脸长得有点像人，它扰乱西方大荒，能斗而不退，"梼杌"被用来比喻顽固不化、态度凶恶的人，通常被视为贪婪和暴力的象征。

饕餮（tāotiè）——中国古代神话传说中的神兽，它最大特点就是能吃。它是一种想象中的神秘怪兽。这种怪兽没有身体，因为它太能吃，以至于把自己的身体都吃掉了。它只有一个大头和一个大嘴，十分贪吃，见到什么吃什么，由于吃得太多，最后被撑死。它是贪欲的象征，所以常用来形容贪食或贪婪的人。

相传，混沌是驩兜死后的怨气所化，穷奇是共工死后的怨气所化，梼杌是鲧死后的怨气所化，饕餮是三苗死后的怨气所化，合称为四凶，分别代表着混乱、恶行、暴力和贪婪。帝舜把它们流放到四方的边荒之地。

五代史伶官^❶传序

　　呜呼，盛衰之理，虽曰天命，岂非人事哉！原庄宗^❷之所以得天下，与其所以失之者，可以知之矣。

　　世言晋王^❸之将终也，以三矢赐庄宗而告之曰："梁^❹，吾仇也；燕王^❺吾所立；契丹与吾约为兄弟，而皆背晋以归梁。此三者，吾遗恨也。与尔三矢，尔其无忘乃父之志！"庄宗受而藏之于庙^❻。其后用兵，则遣从事^❼以一少牢^❽告庙，请其矢，盛以锦囊，负而前驱，及凯旋而纳之^❾。

　　方其系燕父子以组^❿，函^⓫梁君臣之首，入于太庙，还矢先王^⓬，而告以成功，其意气之盛，可谓壮哉！及仇雠^⓭已灭，天下已定，一夫^⓮夜呼，乱者四应，仓皇东出，未及见贼而士卒离散，君臣相顾，不知所归，至于誓天断发，泣下沾襟，何其衰也！岂得之难而失之易欤？抑^⓯本其成败之迹，而皆自于人欤？《书》曰："满招损，谦得益。"忧劳可以兴国，逸豫可以亡身，自然之理也。

　　故方其盛也，举^⓰天下之豪杰莫能与之争；及其衰也，数十伶人困之，而身死国灭，为天下笑。夫祸患常积于忽微，而智勇多困

于所溺^⑰，岂独伶人也哉？

于所溺[17]，岂独伶人也哉？

于所溺[17]，岂独伶人也哉？

题解

本文是一篇史论。此文通过对五代时期的后唐盛衰过程的具体分析，推论出："忧劳可以兴国，逸豫可以亡身"和"祸患常积于忽微，而智勇多困于所溺"的结论，说明国家兴衰败亡不由天命而取决于"人事"，借以告诫当时北宋王朝执政者要吸取历史教训，居安思危，防微杜渐，力戒骄侈纵欲。

字词直通车

① 伶（líng）官：宫廷中的乐官和授有官职的演戏艺人。② 庄宗：即后唐庄宗李存勖。③ 晋王：李克用，因镇压黄巢起义有功，被封晋王。④ 梁：后梁太祖朱晃，又名朱温。⑤ 燕王：指卢龙节度使刘仁恭。⑥ 庙：指宗庙。⑦ 从事：泛指一般幕僚随从。⑧ 少牢：用一猪一羊祭祀。⑨ 纳之：把箭放好。⑩ 组：绳索。⑪ 函：木匣，此处作动词，盛以木匣。⑫ 先王：指晋王李克用。⑬ 仇雠（chóu）：仇敌。⑭ 一夫：指发动贝州兵变的军士皇甫晖。⑮ 抑：或者。⑯ 举：全，所有。⑰ 溺：溺爱，对人或事物爱好过分。

译文

　　唉，盛衰的道理，虽说是天命决定的，难道说不是人事造成的吗？推究庄宗取得天下的原因，与他失去天下的原因，就可以明白了。

　　给你三支箭，替为父报仇。

　　定会完成父亲心愿。

　　世人传说晋王临死时，把三支箭赐给庄宗，并告诉他说："梁王朱温是我的仇敌，燕王是我推立的，契丹与我约为兄弟，可是后来都背叛我去投靠了梁。这三件事是我的遗恨。交给你三支箭，你不要忘记为你父亲报仇的志向。"庄宗接受了箭，把它收藏在祖庙里。以后庄宗出兵打仗，便派手下的随从官员，用猪羊去祭告祖先，从宗庙里恭敬地取出箭来，用漂亮的锦囊装着，背着它走在前面，等到凯旋时再把箭藏入祖庙。

　　当他用绳子绑住燕王父子，用小木匣装着梁国君臣的头，走进祖庙，把箭交还到晋王的灵座前，告诉他生前报仇的志向已经完成，他那

　　大仇已报。

时的神情气概，是多么威风！等到仇敌已经消灭，天下已经安定，一人在夜里发难，作乱的人四面响应，他慌慌张张地出兵向东逃跑，还没见到乱贼，部下的兵士就纷纷逃散。君臣们你看着我，我看着你，不知道去哪里

李存勖 艺名 → 李天下

好，到了割下头发来对天发誓，抱头痛哭，眼泪沾湿衣襟的可怜地步，怎么那样的衰败差劲呢！难道说是因为取得天下难，而失去天下容易，才像这样的吗？还是认真推究他成功失败的原因，都是由于人事呢？《尚书》上说："自满会招来损害，谦虚能得到益处。"忧劳可以使国家兴盛，安乐可以使自身灭亡，这是自然的道理。

因此，当他兴盛时，普天下的豪杰没有谁能和他相争；到他衰败时，数十个乐官就把他困住，最后身死国灭，被天下人耻笑。祸患常常是由一点一滴极小的错误积累而成的，纵使是聪明有才能和英勇果敢的人，也常常被所溺爱的人或事困扰，难道仅仅是（溺爱）伶人才如此吗？

伶人

知识小百科

后唐简史

后唐（923—936年）是五代十国时期由沙陀族建立的封建王朝，定都洛阳（今河南洛阳），传二世四帝，历时14年。

乾宁三年（896年）河东节度使李克用被封晋王，从此割据河东。天祐四年（907年），朱温篡唐，建立后梁。晋国成为北方最大的割据势力，并视梁朝为闰朝，仍奉唐朝正朔。

天祐五年（908年），李克用去世，子李存勖即晋王位。他力战十五年，消灭梁朝统一中原。

天祐二十年（923年）李存勖在魏州（今河北省邯郸市大名县）称帝，改元同光，沿用"唐"国号，升魏州为东京兴唐府。

同光元年（923年），李存勖灭后梁，定都洛阳，史称后唐；同年底，岐王李茂贞称臣。但是，为了扩大个人权力和解决藩镇问题，李存勖的手

段狠辣，特别是任用伶人为刺史的行为，更是破坏唐末五代的军功授官传统，导致三军怨愤，李存勖不久遭遇兵变，身死伶人之手。

后唐同时也是五代十国时期统治疆域最广的朝代。后人云："五代领域，无盛于此者""时梁晋吴蜀四分天下，后唐以一灭二，天下四分已得三分"。

后唐疆域广阔，主要控制着中国北方地区，东接海滨，西括陇右、川蜀，北带长城，包括幽云十六州，南越江汉。925—933 年，南方诸国除南吴、南汉外皆奉后唐为正朔。930 年，后唐控制国土达到极盛；有今豫、鲁、晋、冀、湘、渝诸省，陕、川、鄂之大部，宁、甘、黔各一部分，以及苏、皖淮北等地。

清泰三年（936 年），石敬瑭以幽云十六州为代价，借辽兵攻入洛阳，称帝建立后晋，后唐灭亡。

六一居士传

六一居士初谪滁山[1]，自号醉翁。既老而衰且病，将退休于颍水之上，则又更号六一居士。

客有问曰："'六一'，何谓也？"居士曰："吾家藏书一万卷，集录三代以来金石遗文[2]一千卷，有琴一张，有棋一局，而常置酒一壶。"客曰："是为五一尔，奈何？"居士曰："以吾一翁，老于此五物之间，是岂不为'六一'乎？"客笑曰："子欲逃名者乎，而屡易其号？此庄生所诮畏影而走乎日中者也。余将见子疾走大喘渴死，而名不得逃也。"居士曰："吾固知名之不可逃，然亦知夫不必逃也；吾为此名，聊以志[3]吾之乐尔。"客曰："其乐如何？"居士曰："吾之乐可胜道哉！方其得意于五物也，泰山在前而不见，疾雷破柱而不惊，虽响九奏[4]于洞庭之野，阅大战于涿鹿之原[5]，未足喻其乐且适也。然常患不得极吾乐于其间者，世事之为吾累者众也。其大者有二焉，轩裳珪组[6]劳吾形于外，忧患思虑劳吾心于内，使吾形不病而已悴，心未老而先衰，尚何暇于五物哉？虽然，吾自乞其身[7]于朝者三年矣，一日天子恻然哀之，赐其骸骨[8]，使得与此五物偕

欧阳修 改名 六一居士

返于田庐，庶几⁹偿其夙愿焉。此吾之所以志也。"客复笑曰："子知轩裳珪组之累其形，而不知五物之累其心乎？"居士曰："不然。累于彼者已劳矣，又多忧；累于此者既佚¹⁰矣，幸无患。吾其何择哉！"于是与客俱起，握手大笑曰："置之，区区¹¹不足较也。"

已而叹曰："夫士少而仕，老而休，盖有不待七十者矣。吾素慕之，宜去一也。吾尝用于时矣，而讫无称¹²焉，宜去二也。壮犹如此，今既老且病矣，乃以难强之筋骨，贪过分之荣禄，是将违其素志而自食其言，宜去三也。吾负¹³三宜去，虽无五物，其去宜矣，复何道哉！"

熙宁三年九月七日，六一居士自传。

题解

此文是欧阳修的一篇自传性散文。其文主要自述作者晚年生活的情趣，向往读书、鉴赏碑铭、弹琴、弈棋、饮酒，以消度余光晚景，表达了作者不再留恋功名的决心。

字词直通车

❶ 初谪滁山：庆历五年（1045年），欧阳修被贬为滁州知州，时年三十九岁。❷ 金石遗文：欧阳修撰有《集古录》，为中国现存最早的著录金石的专著。❸ 志：记，标记。❹ 九奏：即"九韶"，虞舜时的音乐。❺ 阅大战于涿鹿之原：指逐鹿之战，黄帝擒杀蚩尤之事。❻ 轩裳珪（guī）组：分指古代大臣所乘车驾、所着服饰、所持玉板、所佩印绶等，代指官场事务。❼ 乞其身：要求退休。❽ 赐其骸（hái）骨：比喻皇帝同意其告老退休。❾ 庶几：大概，差不多；或许可以。❿ 佚：安逸，安乐。⓫ 置之：放在一边；区区：形容事小。⓬ 讫（qì）：最终，截止；无称：没有值得称道的政绩。⓭ 负：具有。

译文

还是用这个名字吧。

六一居士最初被贬谪到滁州时，自己以醉翁为号。年老体弱，又多病，将要辞别官场，到颍水之滨颐养天年，便又改变名号叫六一居士。

有位客人问道："六一，指的是什么？"居士说："我家里藏了书一万卷，收集收录夏商周以来金石文字一千卷，有一张琴，有一盘棋，又经常备好酒一壶。"客人说："这只是五个一，怎么说'六一'呢？"居士说："加上我这一个老头，在这五种物品中间老去，这难道不是'六一'了吗？"客人笑着说："你大概是想逃避名声的人吧，因而屡次改换名号。这正像庄子所讥讽的那个害怕影子而跑到阳光中去的人；我将会看见你（像那个人一样），迅速奔跑，大口喘气，干渴而死，名声却不能逃脱。"居士说："我本就知道名声不可以逃脱，也知道我没有必要逃避；我取这个名号，姑且用来表明我的乐趣罢了。"客人说："是什么样的乐趣呢？"居士说："哪能说的尽啊！当自己在这五种物品中得到意趣时，即使泰山在面前也看不见，迅雷劈破柱子也不惊慌；即使在洞庭湖原野上奏响九韶音乐，在涿鹿观看大战役，也不足以形容自己的快乐和舒适。然而常常忧虑不能在这五种物品中尽情享

我有一万卷藏书、一千卷金石文字、一张琴、一盘棋、一壶好酒。

你为什么叫六一居士？

外加我这一老头，此乃"六一"也。

怎么少了一个"一"？

太累了，我要休息。

乐，原因是世事给我的拖累太多了。其中大的方面有两件，官车、官服、符信、印绶从外面使我的身体感到劳累，忧患思虑从里面使我的内心感到疲惫，使我没有生病却已经显得憔悴，人没有老，精神却已衰竭，还有什么空闲花在这五种物品上呢？虽然如此，我向朝廷请求告老还乡已有三年了，（如果）某一天天子发出恻隐之心哀怜我，恩赐我退休，让我能够和这五种物品一起回归田园，差不多就有希望实现自己素来的愿望了。这便是我记述我的乐趣的原因。"

客人又笑着说："你知道官车、官服、符信、印绶劳累自己的身体，却不知

请求退休。

某官员

道这五种物品也会劳累心力吗？"居士说："不是这样。我被官场拖累，已经劳苦了，又有很多忧愁；被这些物品所吸引，既很安逸，又庆幸没有祸患。我将选择哪方面呢？"于是和客人一同站起来，握着手大笑说："停止辩论吧，区区小事是不值得比较的。"

辩论之后，居士叹息说："读书人从年轻时开始做官，到年老时退休，往往有等不到七十岁就退休的人。我素来羡慕他们，这是我应当辞官的第一点理由。我曾经被当朝任用，但最终没有值得称道的政绩，这是应当辞官的第二点理由。强壮时尚且如此，现在既老又多病，凭着难以支撑的身体去贪恋过多的职位俸禄，这将会违背自己平素的志愿，自食其言，这是应当辞官的第三点理由。我有这三点应当辞官的理由，即使没有这五种物品，（我）辞官也是应当的，还要再说什么呢！"

我又老又病，也要退休。 欧阳修

熙宁三年九月七日，六一居士自传。

《道德经》里的六个"一"

《老子》(又称《道德经》) 第三十九章说,"昔之得一者:天得一以清,地得一以宁,神得一以灵,谷得一以盈,万物得一以生,侯王得一以为天下贞。"

这是《道德经》里的六个"一"。翻译过来就是,历数古今曾得道于"一"者。"一"为道最主要的特性和内涵,所以在这里得"一"即得道。天曾得道于"一",所以天能清明;地曾得道于"一",所以地能宁静;神曾得道于"一",所以神能灵验;川谷曾得道于"一",所以川谷能盈满;万物曾得道于"一",所以万物能生生不息;古有圣王曾得道于"一",所以天下能清静太平。

六一是……

"一"乃万物始祖。

在本章中，老子重点强调了"一"的概念，并反复使用了"一"。究竟什么是"一"呢？从狭义上来看，"一"就是唯一、统一的意思；从广义上来看，"一"是一个十分抽象的概念，它既指物质的唯一性，也指认识的统一性。老子认为，"一"是万物的最早起源，世间万物全都是由"一"慢慢衍生出来的。所以，这个"一"是万物所共有的"一"，任何事物都是从"一"开始的。

在本章中，老子列举天、地、神、谷、万物、王侯，说天与道统一便会变得清明，地与道统一便会变得宁静，神与道统一便会灵验，川谷与道统一便会盈满，王侯与道统一便能使天下大治。老子通过以上所列举的事物，阐明了"一"是万物存在的基础及万物始祖的道理。

苏洵

以布衣之身
跻文坛之巅

中年发奋，大器晚成

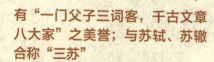

有"一门父子三词客，千古文章八大家"之美誉；与苏轼、苏辙合称"三苏"

"大器晚成"的代表——《三字经》中提到"二十七，始发奋"

育有两个学霸儿子——苏轼、苏辙；堪称"教子有方"的典范

文风言辞犀利，见解精辟；王安石评价苏洵有战国纵横之学

人物介绍

苏洵（1009—1066年），字明允，号老泉，亦被称老苏。眉州眉山（今四川省眉山）人。

主要身份： 北宋文学家、散文家

主要擅长： 散文、诗作、谱学

主要作品： 《权书》《衡论》《嘉祐集》

主要成就： 参与编修的《太常因革礼》为研究宋代的礼仪制度的重要文献，创立了"苏氏家谱体例格式"。

◎ 1009 年

　　苏洵出生于眉州，家境优渥，上有两个哥哥，都喜爱读书，父亲苏序性格豁达，重视子孙教育，家风优良。

◎ 1016 年

　　开始读书，学习断句、作诗文，但还没有学会就放弃了。苏洵不喜读书，喜爱游山玩水，游历了不少名山大川。

◎ 1027 年

　　苏洵与眉山大理寺丞程文应的女儿程氏成婚，程氏为他生育三子三女，其中就有苏轼、苏辙两位文豪。

◎ 1033 年

　　第一次应乡试举人考试，不幸落第。生性洒脱的他扔下书本，继续潇洒地去游山玩水。

◎ 1035 年

　　母亲去世，在二哥的建议下修苏氏族谱，开始认识到读书的重要性。苏洵学了一年多，去考进士，结果没考中。在整理书稿时，发现自己的不足，焚烧书稿，决心重新开始，闭门苦读，探究古今治乱之理，写出了《六国论》等千古名文。

◎ **1036—1055 年**

苏洵继续发奋读书，多次科举未中，渐渐熄了科举之心，一心教导苏轼、苏辙。

◎ **1056 年**

带二子进京应试，他的《衡论》《权书》《几策》等文章得到欧阳修的赞赏，在欧阳修的推荐下，苏洵文名大盛。

◎ **1057 年**

苏轼、苏辙二子同榜应试及第，轰动京师。程夫人卒，父子三人返乡，苏洵作《祭亡妻文》。

◎ **1060 年**

应召进京，经韩琦推荐，苏洵被任命为秘书省校书郎。苏轼、苏辙参加制举，皆中。

◎ **1066 年**

所著《易传》尚未完成即病重，命子苏轼述其志写完《易传》。四月二十五日病逝于京师。

木假山记

　　木之生，或蘖①而殇②，或拱③而夭。幸而至于任为栋梁则伐；不幸而为风之所拔，水之所漂，或破折，或腐。幸而得不破折，不腐，则为人之所材，而有斧斤④之患。其最幸者，漂沉汩没⑤于湍⑥沙之间，不知其几百年，而其激射啮食之余，或仿佛于山者，则为好事者取去，强之以为山，然后可以脱泥沙而远斧斤。而荒江之濆⑦，如此者几何！不为好事者所见，而为樵夫野人⑧所薪者，何可胜数！则其最幸者之中，又有不幸者焉。

　　予家有三峰，予每思之，则疑其有数⑨存乎其间。且其蘖而不殇，拱而不夭，任为栋梁而不伐，风拔水漂而不破折，不腐；不破折，不腐，而不为人之所材，以及于斧斤；出于湍沙之间，而不为樵夫野人之所薪，而后得至乎此，则其理似不偶然也。

　　然予之爱之，则非徒爱其似山，而又有所感焉；非徒爱之，而又有所敬焉。予见中峰，魁岸⑩踞肆⑪，意气端重，若有以服⑫其旁之二峰。二峰者，庄栗⑬刻削，凛乎不可犯，虽其势服于中峰，而岌然⑭决无阿附⑮意。吁！其可敬也夫！其可以有所感也夫！

113

题解

　　1058 年，苏洵从溪叟那里得到了木质的假山，把它放在庭中，于是写下这篇文章以纪念。文章先从木假山的形成过程写起，后渐显寓意，在咏木假山的背后蕴含着作者对人才问题深沉的感喟与思考。全文层次分明，结构清晰，多用排比句，而句式又参差变化、错落有致；描绘木假山之状随物赋形，具体生动，耐人寻味。

字词直通车

　　❶ 蘖（niè）：树木的嫩芽。❷ 殇（shāng）：未成年而死。❸ 拱：指树有两手合围那般粗细。❹ 斤：斧头。❺ 汩（gǔ）没：沉没。❻ 湍（tuān）：急流。❼ 濆（fén）：水边高地。❽ 野人：村野之人，农民。❾ 数：指非人力所能及的偶然因素，即命运，气数。❿ 魁（kuí）岸：强壮高大的样子。⓫ 踞（jù）肆：傲慢放肆。⓬ 服：使……佩服。⓭ 庄栗（lì）：庄重谨敬。⓮ 岌（jí）然：高耸的样子。⓯ 阿附（ēfù）：逢迎依附。

译文

树木的生长，有的刚出嫩芽就死，有的长到两手合围的时候却死了；还有的幸长成栋梁，就被砍伐了；还有的不幸被大风拔起被水冲走了的，有的被劈断了，有的烂掉了；还有的很幸运没有被折断，也没腐烂，但只要被人们认为有用，就有面临刀砍斧斫的祸患。其中最幸运的，是在急流和泥沙之中被埋没，经过几百年的时间，受到水中虫蛀之后，形成了山峰一样的形状，让喜爱它的人拿去制成了假山，从此它就可以脱离泥沙的冲击，免遭斧砍刀

削的灾难了。但是，在荒凉的江边滩头上，能够这样幸运的木头能有多少？而不被好事、喜爱它们的人发现，恰好被樵夫农民当作木柴砍伐了的，哪能够数得过来！那么在这最幸运的树木中，又有多少不幸的木头。

我家有一座长着三个峰头的木假山。每次我看到它，总觉得在它身上似

115

平有一种命运在起作用。再说，它在发芽抽条的时候没死，在长成两手合抱粗细的时候也没死，可用作栋梁却没有被砍伐，被风拔起，在水中漂浮并没有折断，也没烂掉，却未被人当作材料，没有遭受斧头的砍伐，而是从急流泥沙之中出来，没有让种田的人当作柴火烧了，最终到了我的手里，那么这里面的理数仅仅用偶然是无法解释的啊！

> 你经历了千难万险到我手中，我们真是有缘。

　　但是我之所以喜爱木假山，不仅是因为喜爱它的形状像山，而且还对它的形态有一些感慨；不仅喜爱它，对它我还含有一种敬意。看它的中峰，魁梧奇伟，形态高傲舒展，意态端正庄重，很有气概，好像在用一种力量使它旁边两峰顺从它似的。旁边的两座山峰，神态庄重谨慎，威严挺拔，一副凛然不可侵犯的样子。虽然它们处在服从于中峰的位置，但那高耸挺立的神态，没有一点逢迎、附和的意思。唉！这木假山，难道没有可敬重的地方吗？能不让人发出感叹吗？

> 山峰高耸挺立，不屈从俯就，如此形神风韵，理应被画下来。

知识小百科

庄子寓言《山木》

庄子行走于山中，看见一棵大树枝叶十分茂盛，伐木的人停留在树旁却不动手砍伐。庄子好奇地问伐木的人，为什么不砍掉这棵茂盛的树，伐木人回答："这棵树没有可利用的地方。"庄子说："这棵树就是因为不

成材得以终享天年啊！"庄子出山来，留宿在朋友家中。朋友高兴地叫童仆杀鹅款待他。童仆问主人："一只鹅能叫，一只鹅不能叫，请问杀哪一只呢？"主人说："杀那只不能叫的鹅。"第二天，弟子问庄子："昨日遇见山中的大树，因为不成材而能终享天年，如今主人的鹅因为不成材而被杀掉，先生如何看待这两件事呢？"

庄子笑道："我将处于成材与不成材之间。处于成材与不成材之间，好像看似合于大道却并

非真正与大道相合，如此这样不能免于拘束与劳累。假如能顺应自然而自由自在地游乐，也就不是这样。没有赞誉没有诋毁，时而像龙一样腾飞，时而像蛇一样蛰伏，跟随时间的推移而变化，而不偏滞于某一方面；时而进取时而退缩，一切以顺和作为准则，悠然自得地生活在万物的初始状态，役使外物，却不被外物所役使，如此，怎么会受到外物的拘束和劳累呢？这就是神农、黄帝的处世原则。"

庄子的《山木》是一篇充满智慧和哲理的文章，它启示我们，人生的真正意义不在于追求名利和权势，而在于顺应自然、无为而治，享受生命的美好。

六国论

　　六国破灭，非兵[1]不利，战不善，弊在赂秦[2]。赂秦而力亏，破灭之道也。或曰[3]：六国互丧，率[4]赂秦耶？曰：不赂者以赂者丧。盖[5]失强援，不能独完。故曰：弊在赂秦也。

　　秦以攻取之外，小则获邑，大则得城。较秦之所得，与战胜而得者，其实[6]百倍；诸侯之所亡，与战败而亡者，其实亦百倍。则秦之所大欲，诸侯之所大患，固不在战矣。思厥先祖父[7]，暴霜露，斩荆棘，以有尺寸之地。子孙视之不甚惜，举以予人，如弃草芥。今日割五城，明日割十城，然后得一夕安寝。起视四境，而秦兵又至矣。然则诸侯之地有限，暴秦之欲无厌[8]，奉之弥繁，侵之愈急，故不战而强弱胜负已判[9]矣。至于颠覆，理固宜然。古人云："以地事秦，犹抱薪救火，薪不尽，火不灭。"此言得之。

　　齐人未尝赂秦，终继五国迁灭，何哉？与嬴[10]而不助五国也。五国既丧，齐亦不免矣。燕赵之君，始有远略，能守其土，义[11]不赂秦。是故燕虽小国而后亡，斯用兵之效也。至丹以荆卿为计，始速[12]祸焉。赵尝五战于秦，二败而三胜。后秦击赵者再[13]，李牧连却[14]之。洎牧以谗诛[15]，邯郸为郡，惜其用武而不终也。且燕赵处秦革灭殆尽[16]之际，可谓智力[17]孤危，战败而亡，诚不得已。向使[18]三国各爱其地，齐人勿附于秦，刺客不行，良将犹在，则胜负之数，存亡之理，当[19]与秦相较，或未易量[20]。

呜呼！以赂秦之地封天下之谋臣，以事秦之心礼天下之奇才，并力西向，则吾恐秦人食之不得下咽也。悲夫！有如此之势，而为秦人积威之所劫，日削月割，以趋于亡。为国者无使为积威之所劫哉！

夫六国与秦皆诸侯，其势弱于秦，而犹有可以[21]不赂秦而胜之之势。苟以天下之大，下而从[22]六国破亡之故事，是又在六国下矣。

题解

《六国论》是一篇具有深远影响的历史评论文章，其主要针对六国在秦国崛起过程中所采取的策略进行探讨，并提出了"六国破灭，非兵不利，战不善，弊在赂秦"的中心论点。希望宋朝统治者不要重蹈六国赂敌求和的覆辙，要积极采取措施增强国力，抵御外侮。

字词直通车

1 兵：兵器。**2** 弊（bì）：弊病；赂（lù），贿赂，这里指向秦割地求和。**3** 或曰：有人说。**4** 率：都，皆。**5** 盖：因为。承接上文，表示原因。**6** 其实：它的实际数目。**7** 厥（jué）先祖父：泛指他们的先人祖辈。厥，其。**8** 厌：同"餍"，满足。**9** 判：决定。**10** 与嬴：亲附秦国。**11** 义：作动词，坚持正义。**12** 始：才；速：招致。**13** 再：两次。**14** 却：使……退却（动词的使动用法）。**15** 洎（jì）：及，等到；以：因为；谗：小人的坏话；诛：诛灭。**16** 革：改变，除去；殆（dài）：几乎，将要。**17** 智力：智谋和力量（国力）。**18** 向使：以前假如。**19** 当（tǎng）：同"倘"，如果。**20** 易量：容易判断。**21** 可以：可以凭借。**22** 下：降低身份；从：跟随。

译文

　　六国的灭亡，并非他们的武器不锋利，仗打得不好，弊端在于用土地来贿赂秦国。拿土地贿赂秦国从而亏损了自己的力量，这就是六国灭亡的原因。有人问："六国一个接一个地灭亡，难道全部是因为贿赂秦国吗？"答说："不贿赂秦国的国家因为有贿赂秦国的国家而灭亡。原因是不贿赂秦国的国家失掉了强有力的外援，不能独自保全。所以说：弊病在于贿赂秦国。"

进攻！

奉上五座城。

奉上十座城。

　　秦国除了用战争夺取土地以外，还收到诸侯的贿赂，小的获得邑镇，大的获得城池。比较秦国受贿赂所得到的土地与战胜别国所得到的土地，两者相差实际百倍多。六国诸侯赂秦所丧失的土地与战败所丧失的土地相比，实际也相差百倍多。那么秦国最想要的与六国诸侯最担心的，本来就不在于战争。想到他们的祖辈和父辈，冒着寒霜雨露，披荆斩棘，才有了很少的一点土地。子孙对那些土地却不很爱惜，全都拿来送给别人，就像扔掉小草一样不珍惜。今天割掉五座城，明天割掉十座城，这才能睡一夜安稳觉。明天起床一看四周边境，秦国的军队又来了。既然这样，那么诸侯的土地有限，强暴的秦国的欲望永远不会满足，（诸侯）送给他的越多，他侵犯得就越急迫。所以用不着战争，谁强谁弱，谁胜谁负就已经决定了。到了覆灭的地步，道理本来就是这样子的。古人说："用土地侍奉秦国，就好像抱柴救火，柴不烧完，火就不会灭。"这话说得很正确。

　　齐国不曾贿赂秦国，（可是）最终也随着五国灭亡了，为什么呢？（是因为齐国）跟秦国交好而不帮助其他五国。五国已经灭亡了，齐国也就没法幸免了。燕国和赵国的国君，起初有长远的谋略，能够守住他们的国

秦王

燕王

土，坚持正义，不贿赂秦国。因此燕虽然是个小国，却后来才灭亡，这就是用兵抗秦的效果。等到后来燕太子丹用派遣荆轲刺杀秦王作对付秦国的计策，这才招致了（灭亡的）祸患。赵国曾经与秦国交战五次，打了两次败仗，三次胜仗。后来秦国又两次打赵国。（赵国大将）李牧接连打退秦国的进攻。等到李牧因为逸言陷害被诛杀，（赵国都城）邯郸变成（秦国的一个）郡，可惜赵国用武力抗秦而没能坚持到底。而且燕赵两国正处在秦国把其他国家快要消灭干净的时候，可以说是智谋穷竭，国势孤立危急，战败了而亡国，确实是不得已的事。假使韩、魏、楚三国都爱惜他们的国土，齐国不依附秦国。（燕国的）刺客不去（刺秦王），（赵国的）良将李牧还活着，那么胜负存亡的命运，倘若与秦国相比较，也许还不容易衡量（出高低来）呢。

唉！（如果六国诸侯）用贿赂秦国的土地来封给天下的谋臣，用侍奉秦国的心来礼遇天下的奇才，齐心合力地向西（对付秦国），那么，我恐怕秦国人饭也不能咽下去。真可悲啊！有这样的有利形势，却被秦国积久的威势所胁迫，每日每月割让土地，以至于走向灭亡。治理国家的人不要被积久的威势所胁迫啊！

六国和秦国都是诸侯之国，他们的势力比秦国弱，却还有可以不贿赂秦国而战胜它的优势。如果凭借偌大国家，却追随六国灭亡的前例，这就比不上六国了。

土地都在我这里。哈哈哈……

没有土地了。

魏国国君

韩国国君

楚国国君

燕国国君

齐国国君

赵国国君

知识小百科

秦始皇统一六国

我们要让秦国强大起来。

我来变法。

秦国统一六国是一个漫长的过程，大约是从秦孝公起用商鞅推行变法开启，后经历代秦王的励精图治，到了秦始皇的时候，统一六国的时机成熟了，秦始皇加快了统一步伐。统一六国的过程开始于公元前 230 年，止于公元前 221 年。

在军事方面，秦国先后攻灭了韩国、赵国、魏国、楚国、燕国和齐国。

军事上的胜利得益于秦国长期秉承强兵的理念。

在外交方面，历代秦王采用了"远交近攻"的策略，即与距离较远的国家建立友好关系，以便集中力量攻击邻近的国家。此外，秦国还通过联姻等手段来巩固与其他国家的关系。

经过祖辈的努力，到了见证奇迹的时刻了。

出征！出征！

陛下，六国已灭。

军事

陛下，我国请求与贵国联姻。

陛下，我国公主貌美如花。

使者

在政治方面，秦始皇废除了分封制，推行了郡县制，建立了统一的法律和行政体系，确保了权力的高度集中。他还统一了文字、货币和度量衡，建立了全国性的统一标准。

> 文字、货币和度量衡都要统一！

在经济方面，秦始皇推行统一货币制度、修筑连接各地的运河和道路网，加强了国家的经济联系和交流。

在文化方面，秦始皇还进行了文化和社会改革，如推统一文字等，以促进文化和社会的统一。

可见，秦始皇统一六国是个系统工程，不是秦始皇一人之功，而是历代秦王的统一意志和终极目标，经过秦国几代人的不懈努力，到了秦始皇时代，秦国才真正地统一了六国，建立了中国历史上第一个大一统王朝——秦朝。

> 你统一六国真是伟大的壮举！请谈谈你的感受！

> 都是祖辈的功劳，我就负责收尾。

管仲论

管仲❶相桓公，霸诸侯，攘❷夷狄，终其身齐国富强，诸侯不叛。管仲死，竖刁、易牙、开方用，桓公薨❸于乱，五公子争立，其祸蔓延，讫❹简公，齐无宁岁。

夫功之成，非成于成之日，盖必有所由起；祸之作，不作于作之日，亦必有所由兆。故齐之治也，吾不曰管仲，而曰鲍叔❺；及其乱也，吾不曰竖刁、易牙、开方，而曰管仲。何则？竖刁、易牙、开方三子，彼固乱人国者，顾其用之者，桓公也。夫有舜而后知放四凶❻，有仲尼而后知去少正卯。彼桓公何人也？顾其使桓公得用三子者，管仲也。仲之疾也，公问之相。当是时也，吾以仲且举天下之贤者以对。而其言乃不过曰竖刁、易牙、开方三子非人情❼，不可近而已。

呜呼！仲以为桓公果能不用三子矣乎？仲与桓公处几年矣，亦知桓公之为人矣乎？桓公声不绝于耳，色不绝于目，而非三子者则无以遂其欲。彼其初之所以不用者，徒以有仲焉耳。一日无仲，则三子者可以弹冠而相庆矣。仲以为将死之言可以絷❽桓公之手足耶？夫齐国不患有三子，而患无仲。有仲，则三子者，三匹夫耳。不然，天下岂少三子之徒哉？虽桓公幸而听仲，诛此三人，而其余

125

者，仲能悉数而去之耶？呜呼！仲可谓不知本者矣！因⑨桓公之问，举天下之贤者以自代，则仲虽死，而齐国未为无仲也。夫何患？三子者不言可也。

五伯⑩莫盛于桓、文。文公之才，不过桓公，其臣又皆不及仲；灵公之虐，不如孝公之宽厚。文公死，诸侯不敢叛晋，晋袭文公之余威，得为诸侯之盟主者百有余年。何者？其君虽不肖⑪，而尚有老成人⑫焉。桓公之薨也，一败涂地，无惑也，彼独恃一管仲，而仲则死矣。

夫天下未尝无贤者，盖有有臣而无君者矣。桓公在焉，而曰天下不复有管仲者，吾不信也。仲之书，有记其将死论鲍叔、宾胥无之为人，且各疏其短，是其心以为是数子者，皆不足以托国，而又逆知其将死，则其书诞谩⑬不足信也。吾观史䲡⑭以不能进蘧伯玉⑮，而退弥子瑕⑯，故有身后之谏；萧何且死，举曹参以自代。大臣之用心，固宜如此也。夫国以一人兴，以一人亡。贤者不悲其身之死，而忧其国之衰。故必复有贤者，而后可以死。彼管仲者，何以死哉？

题解

管仲是历史上的名相之一，他辅佐齐桓公尊周室，攘夷狄，九合诸侯，一匡天下。他的功绩一向为人称道，连孔子都对他给予了很高的评价。作者针对当时北宋的政治现实，针对国家需要有用的人才，给予权柄，改变积贫积弱的局面而创作了这篇人物评论。

字词直通车

❶ 管仲：名夷吾，春秋时期齐国的政治家、军事家。❷ 攘（rǎng）：排斥。❸ 薨（hōng）：古代称诸侯死。❹ 讫：直到。❺ 鲍叔：鲍叔牙，春秋时期齐国大夫。❻ 四凶：共工、驩兜、三苗和鲧（gǔn）为尧时的四凶。❼ 非人情：管仲认为他们不合人情。❽ 絷（zhí）：束缚。❾ 因：顺着，趁着。❿ 五伯：春秋五霸。⓫ 肖：这里是贤明的意思。⓬ 老成人：指阅历多而办事稳重的人。⓭ 诞谩（dànmàn）：荒诞无稽。⓮ 史䲡（qiú）：史鱼，春秋时期卫国大夫。⓯ 蘧（qú）伯玉：即蘧瑗（yuàn），春秋卫灵公时贤臣。⓰ 弥子瑕（xiá）：春秋时卫国大夫。

译文

管仲为相辅佐齐桓公的时候，齐桓公称霸于诸侯，排斥打击了夷、狄等少数民族。管仲一生都在为使齐国国富民强而努力，诸侯不敢再叛乱。管仲死后，竖刁、易牙、开方相继得到重用。齐桓公最后在宫廷内乱中去世，五位公子开始争夺君位，祸乱蔓延开来，直到齐简公时期，齐国没有一年是安宁的。

功业的完成，并不是完成在成功之日，必然是由一定的原因引起；祸乱的发生，不是发作时所产生，也会有一定的根源和预兆。因此，齐国的安定强盛，我不说是因为管仲，而说是因为鲍叔牙；齐国发生祸乱，我不说是因为竖刁、易牙、开方，而说是因为管仲。为什么呢？竖刁、易牙、开方这三人，固然是导致国家动乱的人，再看看重用他们的人，是齐桓公。有了

> 主公，请远离这三人。

竖刁

易牙

开方

舜这样的圣人，才知道流放四凶；有了仲尼这样的圣人，才知道杀掉少正卯。那么齐桓公是什么人呢？回头看看，使齐桓公重用这三个人的是管仲啊！管仲病危的时候，齐桓公询问可以为相的人选。正当这个时候，我想管仲将推荐天下最贤能的人来作答，但他的话不过是竖刁、易牙、开方这三个人不合人情、不能亲近而已。

唉！管仲以为齐桓公真的能够不用这三个人吗？管仲和齐桓公相处很多年了，也该了解他的为人吧？齐桓公是个耳朵离不了音乐，眼睛离不开美色的人，如果没有这三个人，就无法满足他的欲望。他开始不重用他们，只是因为管仲在。一旦管仲去世，这三人就可以弹冠相庆了。管仲以为自己的遗言就可束缚住齐桓公了吗？齐国不担心有这三人，而是担心没有管仲；有管仲在，那么这三人只不过是普通人罢了。若不是这样，天下难道缺少跟这三人一样的人吗？即使齐桓公侥幸而听了管仲的话，诛杀了这三个人，但其余的这类人，管仲能全部除掉他们吗？唉！管仲是不懂得从根本上治理的人啊！如果他乘着齐桓公询问之时，推荐天下的贤人来代替自己，那么即使管仲死了，齐国也不算是失去了管仲。这三人又有什么可让人担心的呢？不说也罢！

春秋五霸中没有比齐桓公、晋文公更强的了。晋文公的才能比不上齐桓公，他的大臣也都赶不上管仲；而晋文公之子晋灵公暴虐，不如齐孝公待人宽容仁厚。可晋文公死后，诸侯不敢背叛晋国；晋国承袭了晋文公的余威，在后世还称霸了一百年之久。为什么呢？它的君主虽不贤明，但是还有老成持重的大臣存在。齐桓公死后，齐国一败涂地，这没有什么值得困惑的，因为他仅依靠一个管仲，而管仲却死了。

天下并非没有贤能的人，然而往往是有贤臣却没有圣明的君主。齐桓公在世时，就说天下再没有管仲这样的人才了，我不相信。管仲的书《管子》里，有记载他将死的时候，谈论到了鲍叔牙、宾胥无的为人，并且还列出他们各自的短处。这样在他的心中认为这几个人都不能托以国家重任，但他又预料到自己将死，可见这部书实在是荒诞，不值得相信。我看史鳅，因为不能使卫灵公任用贤臣蘧伯玉和斥退宠臣弥子瑕，为此进行了尸谏；汉代萧何临死前，推荐了曹参代替自己。大臣的用心，本来就应该如此啊！国家因一个人而兴盛，因一个人而灭亡；贤能的人不为自己的死而感到悲痛，而忧虑国家的衰败。因此一定要推选出贤明的人来，然后才可以安心死去。那管仲，怎么可以没有荐贤自代就撒手人寰了呢？

知识小百科

管仲的改革成就了齐国的霸业

管仲是春秋时期杰出的政治家、改革家。管仲的改革涉及经济、政治、军事和外交等领域，使得齐国成为春秋强国，齐桓公得以称霸春秋之首。

齐桓公　鲍叔牙　管仲

管仲的一生可谓跌宕起伏。他曾是齐桓公政敌的谋士，后经过鲍叔牙的赏识和举荐，得到齐桓公的重用。管仲执政后，着手实施一系列改革。

在经济方面，他主张发展农、工、商业，推行土地制度改革，改革赋税制度，既增加了国家财富，又提高了人民收入。在手工业管理方面，管仲设立了诸多管理机构，加强对冶铜、制铁、纺织等手工业的管理。在商业方面，他主

有钱啦！

兄弟，你的丝绸。

兄弟，这是你要的牛羊。

130

张设立市场，鼓励商人进行贸易，并通过降低关税等措施吸引商贾，同时设立专门机构对市场进行管理，防止不法商人囤积居奇、哄抬物价，以维护市场秩序。在政治方面，实行"国"（都）、"野"（鄙）分治的制度，将士、农、工、商分开，并设立各级管理机构进行管理，他推行军政合一的军事制度，通过严密的组织提高军队战斗力；在外交方面，管仲主张安抚邻国，通过和平方式处理国际关系。这些外交策略为齐国赢得了良好的国际声誉，也为齐桓公的称霸之路奠定了坚实基础。

　　管仲的改革使齐国逐渐强大起来，齐桓公成功实现了称霸诸侯的大业。管仲的智慧和胆识在历史的长河中留下浓墨重彩的一笔，成为中华优秀传统文化的重要组成部分。

苏轼

一个被才华耽误的美食家

"唐宋八大家"之一，北宋中期文坛领袖

与欧阳修并称"欧苏"，因与韩愈一样文章气势磅礴，被并称"韩潮苏海"

诗与黄庭坚并称"苏黄"，词与辛弃疾并称"苏辛"

书法与黄庭坚、米芾、蔡襄并称"宋四家"，画主张神似，提倡"士人画"，是"全才式的艺术巨匠"

乐天豁达——被贬谪十七次，从官场到田地，充满了艰辛坎坷，在田地苦中作乐；苏东坡一路贬来一路吃，从"猪肉颂"到"日啖荔枝三百颗"

著名美食家——发明东坡肉、东坡肘子、东坡豆腐、东坡鱼、东坡饼、东坡凉粉、东坡腿、东坡墨鱼……

"人生如逆旅，我亦是行人"，堪称古代中国去过最多地方的诗人

人物介绍

苏轼（1037—1101年），字子瞻，又字和仲，号"东坡居士"，眉州眉山人。
主要身份： 北宋文学家、书法家、画家
主要擅长： 诗、词、散文、书、画
主要作品：《东坡七集》《东坡易传》《东坡乐府》《潇湘竹石图》《枯木怪石图》等
主要成就： 二千七百多首诗，三百六十二首词。

◎ **1037 年**

在四川眉山，一个知识分子家庭，有一个婴儿呱呱坠地，取名叫苏轼，"轼"的本意是车前的扶手，有默默无闻却扶危救困的深意。苏轼是唐朝宰相苏味道的十一世孙，他的父亲苏洵二十七岁才开始发奋读书。生在这样的书香世家，家风熏陶，苏轼自小便接受了良好的教育。

哇，宝贝！

◎ **1049 年**

和小伙伴玩挖地游戏，挖出一块奇异的石头。此石形状如鱼，外表呈浅碧色，有银色的斑点，苏轼试着将其当砚台，发现很能发墨，父亲说，这是一块天砚，是写出好文章的祥瑞之兆。苏轼在砚台上刻上铭文，把它当成宝贝。

◎ **1039 年**

弟弟苏辙出生。"辙"是车驶过后留下的痕迹，即车轮印。喻指人要在寻找自我之中厚积薄发，就像埋藏在地底下的金子，懂得见素抱朴。

苏洵用"轼"和"辙"来作为两个儿子的名字，一方面，表明了兄弟二人是同胞兄弟，关系紧密，另一方面，也体现了老父亲对两个孩子美好的祝愿，希望两个儿子能够在人生道路上低调行走，不求大富大贵，只求一生能平平安安。

兄弟二人自小相亲相爱，在父母的教导下一同读书习字。

◎ 1054 年

给中岩书院的一处池水取名"唤鱼池"，正巧与先生王方的女儿王弗所取之名不谋而合。王先生很是高兴，因此将女儿王弗许配给苏轼。"唤鱼联姻"的故事成为千古爱情佳话。

◎ 1056 年

在父亲的带领下，与弟弟进京考试，开启了苏轼人生的新征程。

四等　三等

苏辙　苏轼

◎ 1057 年

以第二名高中进士。因考官欧阳修误认为苏轼的文章是自己的学生曾巩写的，为了避嫌被定为第二名！同年四月，母亲程夫人去世，苏轼与父亲、弟弟一起回家。

◎ 1059 年十月

守孝期满回京。苏轼在 1061 年又去考制科考试。苏轼第三等，弟苏辙第四等。宋朝科举制，制科考试的一等和二等是虚置的，因此第三等实际为第一等，苏轼为宋朝开国一百多年来的开山第一人，故而也被称为"百年第一"。当宋仁宗看到苏轼、苏辙的策论后，欣喜道："吾今又为吾子孙得太平宰相两人。"

1065 年五月

爱妻王弗去世。年仅二十七岁。十年后，苏轼写下怀念亡妻的悼词：十年生死两茫茫，不思量，自难忘。

1066 年四月

父亲苏洵病逝，与弟弟辞去官职扶灵回乡，为父亲守孝三年。在这三年里，苏轼亲手种下了三万棵松树。

1069 年

返京，恰逢王安石变法。因政见不合，自请出京外调为官。朝廷派他去做杭州通判。

1071 年

来到杭州，他处处为百姓着想，挖井、兴修水利，拨公款和自掏腰包成立了医院"安乐坊"。还为西湖美景写诗："欲把西湖比西子，淡妆浓抹总相宜。"这句诗，不仅带火了西湖，还使其得了一个别称——西子湖。苏轼在杭州三年任满后，调往密州、徐州、湖州等地任知州，治蝗灾、救旱灾、抗洪筑堤，政绩卓著，深得民心。

◎ 1079 年

在湖州做知州，在外为官这几年，苏轼奔走在田间地头，看到新法为老百姓带来的苦难，经常会写一些诗文表达对变法的不满。他在给宋神宗的谢恩表《湖州谢上表》中发了两句牢骚，称自己难以跟政坛新锐相配合，被新法派的小人抓住小辫子，诬陷苏轼攻击朝政，后被关进御史台的监狱，史称"乌台诗案"。

他在大牢里，受尽了折磨，弟弟苏辙及保守派大臣联名为他求情，就连太后和已经退隐的王安石也为苏轼求情。

苏轼救援团

苏辙　太后　王安石

在苏轼入狱一百三十天后，终于等来终审判决：被贬谪到了湖北黄州做团练副使。

◎ 1080 年

抵达黄州，日子过得相当艰苦，诗句"空庖煮寒菜，破灶烧湿苇"就是当时的写照。

但是苏轼有着豁达的心胸和高贵的灵魂。自己开荒种地，自称"东坡居士"；买便宜的猪肉，研制出一道千古名菜"东坡肉"；自己学酿酒，于是出现了"东坡蜜酒"；自己盖房，起名叫"雪堂"……闲暇时，他就四处找乐子，听老农讲鬼故事，吃到很酥的饼就起名叫"为甚酥"，喝到加多了水的酒就叫这酒"错放水"，还会约着好友去赤壁游玩。

苏轼苦将难的日子过成了诗，也升华了他的人生境界，大多数名篇都诞生于此时。如《念奴娇·赤壁怀古》《赤壁赋》《后赤壁赋》《枯木怪石图》《黄州寒食帖》等等。

你以为的苏轼……　实际上的苏轼……

三潭印月

◎ 1089 年

　　重新被重用，再次来到杭州做官。他继续帮助百姓，自费施粥、疏通西湖，为西湖筑堤建桥，堤外湖水最深处建造了三座石塔，并规定在三塔之内禁止种植菱藕，以防湖泥淤积。这就是现在有名的"苏堤"和"三潭印月"。

◎ 1094 年

　　高太后去世，苏轼又一次遭到变法派的报复，被发配到了广东惠州。当时的惠州是人人闻之色变的瘴疫之地，每个被贬的人都会谈虎色变，唯独苏轼面对困难，依然保持通达乐观的态度，甚至写下"日啖荔枝三百颗，不辞长作岭南人"和"试问岭南应不好，却道：此心安处是吾乡"这样旷达的诗句。

◎ **1097 年**

　　宋哲宗亲政后，重新起用章惇，对守旧派继续打压，将苏轼贬到更加荒凉的海南儋州。当时，贬谪海南是仅次于处死的惩罚。再次经历磨难的苏轼没有被打倒，他很快把儋州当成了第二故乡，诗曰："我本儋耳人，寄生西蜀州。忽然跨海去，譬如事远游。"

1100 年

　　宋徽宗即位，大赦天下。苏轼遇赦得以北归。

　　途中在金山寺见到李公麟所作自己画像，苏轼回顾自己的一生，写下《自题金山画像》："心似已灰之木，身如不系之舟。问汝平生功业，黄州、惠州、儋州。"

◎ **1101 年七月二十八**

　　苏轼于江苏常州病逝。

　　苏轼一生虽多次被贬，他却在苦难的土壤上开出了绚丽的艺术之花，书法家喜爱他，画家钦佩他，美食家偏爱他，宋朝最可爱的奇人非苏东坡莫属。

石钟山记

《水经》云："彭蠡①之口，有石钟山焉。"郦元以为下临深潭，微风鼓浪，水石相搏，声如洪钟。是说也，人常疑之。今以钟磬置水中，虽大风浪不能鸣也，而况石乎！至唐李渤②始访其遗踪，得双石于潭上，扣而聆之，南声函胡③，北音清越，枹④止响腾，余韵徐歇。自以为得之矣。然是说也，余尤疑之。石之铿然有声者，所在皆是也，而此独以钟名。何哉？

元丰七年六月丁丑，余自齐安舟行适临汝⑤，而长子迈将赴饶之德兴尉⑥，送之至湖口，因得观所谓石钟者。寺僧使小童持斧，于乱石间择其一二扣之，硿硿⑦然，余固笑而不信也。至其夜月明，独与迈乘小舟至绝壁下。大石侧立千尺，如猛兽奇鬼，森然欲搏人。而山上栖鹘⑧，闻人声亦惊起，磔磔云霄间；又有若老人咳且笑于山谷中者，或曰："此鹳鹤⑨也。"余方心动欲还，而大声发于水上，噌吰⑩如钟鼓不绝。舟人大恐。徐而察之，则山下皆石穴罅⑪，不知其浅深，微波入焉，涵澹⑫澎湃而为此也。舟回至两山间，将入港口，有大石当中流，可坐百人，空中而多窍，与风水相吞吐，有窾坎镗鞳⑬之声，与向之噌吰者相应，如乐作焉。

因笑谓迈曰："汝识之乎？噌吰者，周景王之无射也；窾坎镗鞳者，魏庄子之歌钟也。古之人不余欺也。"

事不目见耳闻，而臆断其有无，可乎？郦元之所见闻殆⑭与余同，而言之不详。士大夫终不肯以小舟夜泊绝壁之下，故莫能知。而渔工水师虽知而不能言。此世所以不传也。而陋者乃以斧斤考⑮击而求之，自以为得其实。余是以记之，盖叹郦元之简，而笑李渤之陋也。

题解

《石钟山记》是苏轼于宋神宗元丰七年（1084 年）游石钟山后所写的一篇考察性的游记。文章通过记叙对石钟山得名由来的探究，强调要正确判断一件事物，必须深入实际，认真调查。在艺术上，此文具有结构独特、行文曲折、修饰巧妙、语言灵活等特色。

字词直通车

①彭蠡（pénglǐ）：即今江西鄱阳湖。②李渤：字浚之，唐代洛阳人，他曾撰文对石钟山名字的由来做过解释。③函胡：通"含糊"，重浊而含混。④枹（fú）：本意鼓槌，这里作敲击讲。⑤齐安：今湖北黄冈；临汝：今河南临汝。⑥迈：即苏迈，苏轼的长子，字伯达；饶：饶州，治所在今江西鄱阳县；德兴：今江西德兴。⑦硿（kōng）硿：金石相撞击的声音。⑧鹘（hú）：鸷鸟名，即隼。⑨鹳鹤（guànhè）：鸟名，形似鹤，嘴长而直，顶不红，常活动于水旁，夜宿高树。⑩噌吰（chēnghóng）：形容钟声洪亮。⑪罅（xià）：裂缝，缝隙。⑫涵澹：水波荡漾的样子。⑬窾（kuǎn）坎镗（tāng）鞳（tà）：象声词，形容钟鼓的声音。⑭殆（dài）：大概。⑮考：敲，击。

140

译文

　　《水经》上说："彭蠡湖的湖口，有一座石钟山。"郦道元认为是石钟山下面挨着深潭，每当微风吹动波浪，那波浪冲击着山石，于是发出像洪钟一样的声响。这种说法，人们常常有所怀疑。现在将钟、磬放在水中，即使大风浪也不能使它们发出声音，何况是石头呢！到了唐朝，李渤开始寻访郦道元所记述的石钟山的遗址，在深潭之上找到两块石头，敲击听听它的声音，只觉得南边的声音模糊不清，北边的声音清脆悠扬。停止叩击后，还是余音袅袅，许久才消失。李渤自以为解得了石钟山命名的奥秘所在。但是他的这种说法，我还是有所怀疑。能够发出铿然之声的石头，到处都是，但是只有此山以钟为名，这是为什么呢？

　　元丰七年六月丁丑这一天，我从齐安乘舟到临汝去，正好大儿子苏迈将要到饶州德兴县做县尉。我送他到湖口，因而得以看到了所谓的石钟山。附近庙里的僧人让小童拿着斧头，在杂乱的石壁中间选择一两处敲打它，发出硿硿的响声。我仍旧笑笑，并不相信这就是石钟山名字的由来。到了那天夜里，月光明亮，我单独带着迈儿乘着小舟来到绝壁下面。那巨大的石壁耸立在水边，高达千尺，如同猛兽奇鬼一样，阴森森的，好像要向人扑来。而在山上栖息的鹘鸟，听到人的声音也惊叫着飞了起来，在高空中磔磔地叫着。山谷中还传来像老人一边咳嗽一边笑的声音，有人说这是鹳鹤。我刚刚有些觉得害怕而想要回去的时候，水上忽然发出了巨大的响声，声音洪亮如同钟鼓齐鸣，连续不断。船夫十分惊恐。我缓慢地靠近并仔细观察，原来是山的下面都是石头的洞穴和裂缝，不知道它们的深浅，微波冲入其中，冲荡撞击便发出了这种声音。船划回到两山中间，快要进入港口的时候，有一块大石头横在水中间，上面可以坐百来人，中间是空的，有很多窟窿，风吹浪打吞进吐出，发出窾坎镗鞳的声音，与方才听到的钟鼓之声互相应和，好像演奏音乐一样。我因此笑着对迈儿说："你知道吗，发出如钟鼓一样声响的，是周景王的无射大钟；发出窾坎镗鞳声音的，是魏庄子的歌钟。古人没有欺骗我们啊！"

凡事没有亲眼看到、亲耳听到，却主观地判断它的有无，这能行吗？郦道元的所见所闻大概和我的相同，但是说得不够详尽；做官读书的人又不肯夜晚乘小船停靠在绝壁下面，所以没有谁能了解真相；渔人船夫虽然知道真相，却又不能用口说出用笔写出来。这就是石钟山名字的由来不能流传下来的原因。而见识浅薄的人竟然用斧头一类的东西敲击石头来寻求用钟命名的缘由，自己还以为是得到了真相。我因此把这些记录了下来，叹惜郦道元记叙的简略，讥笑李渤的见识浅陋啊！

知识小百科

石钟山之谜

读了"苏轼父子深夜探石钟山记",想必大家对石钟山的由来很好奇。石钟山素有"中国千古奇音第一山"的美誉,北魏著名地理学家郦道元是这样解释其得名的:石钟山山脚靠近湖水,微风吹动波浪,湖水拍打石头山体,发出的声音好像是敲钟的声音,所以,此山得名"石钟山"。

苏轼一生乐观豁达却又爱较真,他对郦道元的说法深表怀疑,他送长子苏迈去做官时,正好路过此地,于是亲自到石钟山下探究一番。苏轼仔细观察后发现,石钟山下存在很多空穴和缝隙,水波不断地涌进涌出,山石和水流相互撞击,产生了一种类似钟鸣的声音。

那么石钟山得名的真相到底是什么呢? 现代研究认为:石钟山是典型的岩溶地貌,山上的石灰岩在含有二氧化碳的流水冲刷作用下,很容易被溶蚀,破碎的石块被不断地冲走,久而久之,山体就被掏空形成了巨大的溶洞。当流水游走在这些洞穴之间,水流的撞击声在洞穴之间来回穿梭,又因为石钟山的形状像钟,内部是空的,而且崖壁上有石洞,水击石壁发出的声响才能远远地传出去。这种声音因为水流的冲击力不同发出来的声响也不一样,断断续续的声响十分悦耳。

石钟山外形如钟倒扣在地上,山中有洞,洞中有水,声如洪钟,既具钟之"形",又有钟之"声"。大自然造就了石钟山奇特的形状,也赋予了它独特的魅力。

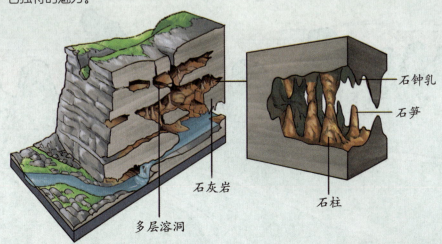

石钟乳

石笋

石灰岩

石柱

多层溶洞

赤壁赋

　　壬戌之秋，七月既望 ❶，苏子与客泛舟游于赤壁之下。清风徐来，水波不兴 ❷。举酒属 ❸ 客，诵明月之诗 ❹，歌窈窕之章。少焉 ❺，月出于东山之上，徘徊于斗牛 ❻ 之间。白露横江 ❼，水光接天。纵一苇 ❽ 之所如，凌万顷之茫然。浩浩乎如冯虚御风 ❾，而不知其所止；飘飘乎如遗世 ❿ 独立，羽化而登仙 ⓫。

　　于是饮酒乐甚，扣舷 ⓬ 而歌之。歌曰："桂棹兮兰桨 ⓭，击空明兮溯流光。渺渺兮予怀，望美人兮天一方。"客有吹洞箫者，倚歌而和之。其声呜呜然，如怨如慕，如泣如诉，余音袅袅，不绝如缕。舞幽壑 ⓮ 之潜蛟，泣孤舟之嫠妇 ⓯。

　　苏子愀然 ⓰，正襟危坐而问客曰："何为其然也？"客曰："'月明星稀，乌鹊南飞'，此非曹孟德之诗乎？西望夏口，东望武昌，山

川相缪^⑰，郁^⑱乎苍苍，此非孟德之困于周郎者乎？方其破荆州，下江陵，顺流而东也，舳舻^⑲千里，旌旗蔽空，酾酒^⑳临江，横槊^㉑赋诗，固一世之雄也，而今安在哉？况吾与子渔樵于江渚之上，侣鱼虾而友麋鹿，驾一叶之扁舟，举匏樽^㉒以相属。寄蜉蝣于天地，渺沧海之一粟。哀吾生之须臾，羡长江之无穷。挟飞仙以遨游，抱明月而长终。知不可乎骤得，托遗响于悲风。"

苏子曰："客亦知夫水与月乎？逝者如斯^㉓，而未尝往也；盈虚者如彼^㉔，而卒莫消长也^㉕。盖将自其变者而观之，则天地曾不能以一瞬；自其不变者而观之，则物与我皆无尽也，而又何羡乎！且夫天地之间，物各有主，苟非吾之所有，虽一毫而莫取。惟江上之清风，与山间之明月，耳得之而为声，目遇之而成色，取之无禁，用之不竭，是造物者之无尽藏也，而吾与子之所共适。"

客喜而笑，洗盏更酌。肴核^㉖既尽，杯盘狼籍^㉗。相与枕藉^㉘乎舟中，不知东方之既白。

题解

苏轼因"乌台诗案"被贬为黄州团练副使时写的一篇散文赋。文章情、景、理融合，反映了作者由月夜泛舟的舒畅，到怀古伤今的悲咽，再到精神解脱的达观。

字词直通车

❶ 壬戌（rénxū）：元丰五年（1082年）；既望：农历每月十五日为"望日"，农历十六日为"既望"。❷ 徐：缓缓地；兴：起。❸ 属（zhǔ）：倾注，引申为劝酒；❹ 明月之诗：指《诗经·陈风·月出》。❺ 少焉：一会儿。❻ 斗牛：星座名，即斗宿（南斗）、牛宿。❼ 白露：白茫茫的水汽；横江：横贯江面。❽ 纵：任凭；一苇：比喻极小的船。❾ 冯（píng）虚御风：乘风腾空而遨游。❿ 遗世：离开尘世。⓫ 羽化：传说仙人能飞升；登仙：登上仙境。⓬ 扣舷（xián）：敲打着船边，指打节拍。⓭ 桂棹（zhào）兰桨：桂树做的棹，兰木做的桨。⓮ 幽壑：深谷，这里指深渊。⓯ 嫠（lí）妇：寡妇。⓰ 愀（qiǎo）然：容色忧愁的样子。⓱ 缪（liáo）：通"缭"，盘绕。⓲ 郁：茂盛的样子。⓳ 舳舻（zhúlú）：这里指战船。⓴ 酾（shī）酒：滤酒，这里指斟酒。㉑ 横槊（shuò）：横执长矛。槊，长矛。㉒ 匏（páo）樽：用葫芦做成的酒器。匏，葫芦。㉓ 逝者如斯：流逝得像这江水。㉔ 盈虚者如彼：指月亮的圆缺。㉕ 卒：最终；消长：增减。㉖ 肴核：菜肴，果品。㉗ 狼籍：即狼藉，凌乱。㉘ 枕藉（jiè）：相互靠着。

译文

壬戌年秋天，七月十六日，我和客人乘船来到赤壁之下。清风缓缓吹来，江面水波平静。于是举杯邀客人同饮，吟咏《诗经·陈风·月出》一诗的"窈窕"一章。一会儿，月亮从东山上升起，在斗宿和牛宿之间徘徊。

白茫茫的雾气笼罩着江面，波光与月光连成一片。我们听任苇叶般的小船在茫茫万顷的江面上自由漂动。多么辽阔呀，像是凌空乘风飞去，不知将停留在何处；飘飘然，好像变成了神仙，飞离尘世，登上仙境。

这时候喝酒喝得高兴起来，用手叩击着船舷唱起来。歌中唱道："桂木的船棹啊，兰木的桨，拍打着清澈的江水啊，船儿迎来流动的波光。我的心怀悠远，仰望着我思慕的人儿啊，她在那遥远的地方。"客人中有吹洞箫的，按着节奏为歌声应和。箫声呜呜呜，像是怨恨，又像是思慕，像是哭泣，又像是倾诉，余音悠扬，像一根轻柔的细丝线延绵不断。能使潜藏在深渊中的蛟龙起舞，孤舟上的寡妇听了落泪。

我不禁感伤起来，整理好衣裳，端正地坐着，向客人问道："箫声为什么这样哀怨呢？"客人说："'月明星稀，乌鹊南飞。'这不是曹孟德的诗吗？向西望是夏口，向东望是武昌，山川连绵不绝，郁郁苍苍，这不是曹孟德被周瑜围困的地方吗？当他夺取荆州，攻下江陵，顺着长江东下的时候，战船连接千里，旌旗遮蔽天空，对着大江饮酒，横握长矛吟诗作赋，真可谓是一代的英雄啊，可如今又在哪里呢？何况我同你在江中和沙洲上捕鱼砍柴，以鱼虾为伴，与麋鹿为友，驾着一叶孤舟，在这里举杯互相劝酒。我们如同蜉蝣一样寄生在广阔的天地中，渺小得像大海中的一颗谷粒。哀叹我们的生命如此短暂，不由得羡慕长江的流水无穷无尽。我想与仙人一起遨游，与明月一起长存。我知道这是不可能经常得到的，因而只能把箫声的余音寄托给这悲凉的秋风。"

我问道："你们可知道那水和月亮吗？（江水）总是不停地流逝，但它们并没有流走；月亮总是那样有圆有缺，但它终究也没有增减。要是从事物易变的一面来看，那么天地间的一切事物，甚至不到一眨眼的工夫就发生了变化；要是从事物不变的一面来看，万物同我们一样都是永存的，又何必羡慕它们呢？再说，天地之间，万物各有主人，假如不是为我所有，即使是一丝一毫也不能得到。只有这江上的清风和山间的明月，耳朵听到了便成为声音，眼睛看到了才成为颜色，得到这些不会有人禁止，使用它们，也不会有竭尽的忧虑。这是大自然无穷无尽的宝藏，而我能够和你们共同享受。"

客人听了之后，高兴地笑了，洗净杯子，重新斟酒。菜肴果品都已经吃完，杯盘杂乱地放着。大家互相枕着靠着睡在船中，不知不觉东方已经亮了。

知识小百科

苏轼赤壁游玩记

被贬黄州对苏轼来说是他人生的一个重要的转折点，这段时间里虽然生活困苦，却让他的精神世界得到了重塑，他与友人两次月夜泛舟游赤壁后写下了著名的《赤壁赋》《后赤壁赋》和《念奴娇·赤壁怀古》。

相传，苏轼在写《赤壁赋》时，有句"物各有主"后边接上"惟江上之清风"，苏轼读来总觉着中间还缺少衔接，冥思苦想，也没有想出一句合适的话。

苏轼又到赤壁溜达，一边走一边想，忽然听到有人喊"苏先生"。他抬头一看，原来是老农王大爹。此人是个讲故事小能手，而苏轼也爱听故事，两人见面有聊不完的话。王大爹给苏轼讲了赤壁滩的故事：这赤壁山下的江水，每年春涨秋退。等江水退了，便留下一片沙洲，这一层潮泥比较适宜种植。这沙洲没有固定的主人，一直以来的规矩是谁先犁地归谁种一季。有一年秋天的大清早，一个贪心的农夫，天不亮就起床到此来抢耕沙洲的地。朦朦胧胧的朝雾里，他看见有一只母鸡引着一群小鸡在觅食。他早就听人说过，这块沙洲叫金鸡窝，是一块宝地，传说这里有一窝金鸡，逮着一只就会发大财。他多次早早地来到这儿，想逮住一只金鸡，都没有逮着。农夫做了好些年的发财梦，今天总算是碰上金鸡了。他急忙把牛吆喝住，拿着牛鞭就去捉鸡。不料母鸡和小鸡跑得飞快，怎么也追不上。农夫横扫一鞭，恰好打着了一只小鸡。当他动手去抓那只受伤的小鸡

时，母鸡却把翅膀一张，跳了过来，一口啄伤了他的大腿。农夫手里提起受伤的小鸡，小鸡惊慌失措，不一会儿就死了。太阳出来雾散后，小鸡变成了金鸡，农夫很高兴地以为自己发了一笔横财。但是，没想到他被啄的地方伤势变得很重，请遍远近名医诊治，诊治了大半年，而这只金鸡变卖的钱刚刚抵上医治的费用。

王大爹讲完故事，很有感触地对苏轼说："所以说呀，各人有各人的财运，不该你得的，你一丝一毫也不能要啊！"苏轼心中一动，忽然想出两句话来："苟非吾之所有，虽一毫而莫取。"回去后，他就把这两句话加进《赤壁赋》里。这两句话既承接了上下文，也表达出苏轼对自然和人生的深刻理解和感悟：不是自己的东西不要有非分之想。

黄州的赤壁，本来并不是那场三国之战的真正遗址，经苏东坡"三咏"后，这"东坡赤壁"甚至超越了东汉末年"赤壁之战"发生的地点（今湖北赤壁市），成了后人旅游的打卡点。

记承天寺 夜游

　　元丰六年十月十二日夜，解衣欲睡，月色入户❷，欣然起行❸。念无与为乐者，遂❹至承天寺寻张怀民。怀民亦未寝，相与步于中庭❺。庭下如积水空明❻，水中藻、荇❼交横，盖竹柏影也。何夜无月？何处无竹柏？但少闲人如吾两人者耳❽。

题解

　　宋神宗元丰六年（1083 年），苏轼被贬黄州已经四年。他的好友张怀民此时也被贬到黄州，暂住在承天寺，因有此文。本文将叙事、摹景、抒情融为一体，颇具诗情画意；同时，语言精练、节奏感强，表达了苏轼壮志难酬的苦闷，以及旷达乐观的人生态度。

苏轼——一个被才华耽误的美食家

字词直通车

❶ 承天寺：故址在今湖北黄冈市城南。 ❷ 户：一说指堂屋的门，又一说指窗户。 ❸ 欣然：高兴、愉快的样子；行：散步。 ❹ 遂：于是，就。 ❺ 相与：共同，一起；中庭：庭院里。 ❻ 空明：形容水澄澈，这里形容月色如水般澄净明亮。 ❼ 藻、荇（xìng）：这里指水草。藻，水草的总称。荇，荇菜，水草名。 ❽ 但：只是；闲人：清闲的人，这里是指不汲于名利而能欣赏美景的人；耳：语气词，"罢了"。

译文

元丰六年十月十二日夜晚，我正准备脱衣入睡，恰好看到月光从门户照进来，不由得生出夜游的兴致，于是高兴地起身出门。想到没有和我共同游乐的人，就到承天寺去寻张怀民。张怀民也还没有入睡，我俩就一起在庭院里散步。月光照在庭院里，像积满的清水一样澄澈透明。水中水藻、荇草纵横交错，原来那是庭院里竹柏的影子。哪一个夜晚没有月亮，哪个地方没有竹子和柏树？只是少有像我们两个这样清闲的人罢了。

怀民，睡了吗？

知识小百科

"东坡居士"种田记

苏轼因为"乌台诗案"被贬黄州，他在那里当团练副使，这是个有职无权的闲官。官职低微，收入也很微薄，为了保证一家老小的基本生活，苏轼不得已在屋子东边开垦了一块荒地，躬耕务农，贴补生计，并自称"东坡居士"。

苏轼觉得种地也是有很大学问的，就虚心向黄州的老农请教。根据老农教导，他在低洼处种稻子，稍微高一点的地方种麦田。他还在低洼处东边种了枣树、栗树，西边种了一大排桑树，并专门写信给大冶一座寺庙长老，要来"桃花茶"的名贵种子，种在东坡。

当地百姓告诉他种麦子得让牛羊啃食一下，帮助结实，要不然秋后无收。他按照老农所说的让牛吃掉麦草，果然麦子收成的时候丰收了，帮他度过了青黄不接的断粮期。

黄州好猪肉，
价贱如泥土。

后来他还在田边盖了五间农舍，因下雪时建成，起名为"雪堂"，并在新建的雪堂墙面上作画。东面是他亲自种的一棵大柳树，柳树旁边是他亲自打的一口井。苏轼成了一个快活的农夫，闲暇之日，为家人下厨做饭，炖个鱼、熬个羹，买来价格便宜的猪肉，研制出一道新菜品，成了后人喜爱的"东坡肉"。他还为这道美

食写了篇《猪肉颂》："黄州好猪肉，价贱如泥土。贵者不肯吃，贫者不解煮，早晨起来打两碗，饱得自家君莫管。"

苏轼把种田的经历写入了组诗《东坡八首》，借助陶渊明安贫乐道的精神，消除自己胸中宦海不平的块垒。

在生活困窘的时候，苏轼的精神世界是丰富的，他的心境，对待人生的态度可以用《定风波》中的名句概括："竹杖芒鞋轻胜马，谁怕？一蓑烟雨任平生。"

书上元夜游

己卯上元①，予在儋州②，有老书生数人来过，曰："良月嘉夜，先生能一出乎？"予欣然从之。步城西，入僧舍，历小巷，民夷杂揉③，屠沽纷然④。归舍已三鼓矣。舍中掩关熟睡，已再鼾⑤矣。放杖而笑，孰为得失？过⑥问先生何笑，盖自笑也。然亦笑韩退之钓鱼无得⑦，更欲远去，不知走海者⑧未必得大鱼也。

题解

本文写于元符二年（1099 年），其时是苏轼被贬至海南儋州的第二年，这应该是苏轼放逐生涯中最苦最难的岁月。文中记述了他与老书生数人于元宵夜出游的情景，似乎是在反映上元之夜的热闹景象和当地民风民俗，我们可以了解在无可奈何的逆境中，苏轼恬然自适、随遇而安的人生态度。

字词直通车

① 己卯上元：己卯，即元符二年；上元，农历正月十五。② 儋（dān）州：今海南儋州西北。③ 民夷杂揉：指汉族和少数民族同居一地。④ 屠沽（gū）：指卖肉和卖酒的人；纷然：指杂乱热闹的样子。

⑤再鼾（hān）：第二次打鼾。⑥过：苏过，苏轼幼子。⑦韩退之钓鱼无得：韩愈《赠侯喜》诗中写到侯喜约他钓鱼没有收获之事，苏轼在此表示不赞同韩愈强求名利的观点。⑧走海者：走到大海边的人，这里指苏轼。

译文

己卯年（1099年）上元节，我当时在儋州。有几个老书生过来看我，说："今晚月色很美，先生能和我们一同外出游玩吗？"我很高兴地答应了。我们去了城西的僧舍，又游遍了街边的小巷，那里汉族和少数民族杂居在一起，卖肉的和卖酒的多得很。回到家已经过了三更。家里人掩门熟睡，已经呼噜声一阵阵了。我放下拐杖，不禁轻笑出声，心想我半夜出游和家人酣睡，究竟哪个有得，哪个有失？我的笑声，惊动了儿子苏过，他问我为什么笑，我答："我是自己笑自己。"这也是在笑韩愈，他从前写诗说，在一个地方钓鱼未钓到，就想到更远的地方去，想要钓得大鱼，就要到海边去。他不知道走到海边的人也不一定能钓得到大鱼啊。

知识小百科

苏轼海岛生存记

在宋朝提起儋州，人们脑海里一定会冒出八个大字：穷乡僻壤，蛮荒之地。不像现在的海南岛对于人们来说是度假天堂，在宋朝，海南岛是名副其实的天涯海角。

有人说，"东坡不幸是海南之幸"。绍圣四年（1097年），命途多舛的苏东坡接到朝廷"复贬昌化"的诰命，终于被一贬再贬到了海南岛。他献给海南人民的第一个礼物，就是帮着开凿了著名的浮粟泉，解决了百姓缺水喝的难题，相传是苏东坡寄居在琼州金粟庵，他在寓所旁找到两个泉眼，亲自"指凿双泉"，见水泡浮于水面很像粟米，因此命名为"浮粟"。

到达儋州后，因受到种种严苛对待，苏轼无处可居只能露宿在桄榔林，只能吃芋头喝凉水，可谓是身心俱疲。后来在当地百姓和乡绅的帮助下，建起一座茅屋，苏轼把它命名为"桄榔庵"。

苏轼生活过得非常艰难，"食无肉、病无药、居无室、出无友、冬无炭、夏无寒泉"。可是苏轼天性乐观豁达，政治上的失意，生活中的艰难，都不算什么。他为当地的老百姓做了许多实实在在的好事，劝导汉黎团结、鼓励农桑，他还热情洋溢地写下了《劝农诗》；办学堂、弘扬文教，开了海南文化教育的先河；带领百姓挖井取水，减少了当地疫病的发生；上山摘

采草药，帮助老百姓看病，撰写医学笔记，为当地人寻找治疗疾病的药物，如荨麻、苍耳等。

海岛生活虽然贫苦，苏轼却能苦中作乐，甚至自创美食。他发现当地遍地是生蚝，却没人吃。于是，他把生蚝和酒放在一起煮，发现味道特别鲜美。后来又把更大个的生蚝放在火上烤，烤熟一尝，比用酒煮的还好吃。苏轼专门给儿子写信告诉他生蚝有多好吃，并且叮嘱儿子，千万别告诉别人，尤其是在朝廷里的那些同僚，

> 烤生蚝味美，一般人我不告诉他。

万一他们都知道生蚝美味，也馋了，都跑到海南来和他抢着吃生蚝可怎么办？他甚至为一蚝多吃的烹饪方法，写了《献蚝帖》。

儋州时光是苏东坡人生最后的辉煌，他在海南创作了上百首诗词，后来在明清时编辑成《苏东坡海外集》。他把这里当成自己的第二故乡，诗曰："我本儋耳人，寄生西蜀州。"儋州因为苏轼流传着东坡村、东坡井、东坡田、东坡路、东坡桥、东坡帽等传奇故事。

贾谊论

非才之难，所以自用者实难。惜乎！贾生，王者之佐，而不能自用其才也。

夫君子之所取者远，则必有所待；所就者大，则必有所忍。古之贤人，皆负可致❶之才，而卒不能行其万一者，未必皆其时君之罪，或者其自取也。

愚观贾生之论❷，如其所言，虽三代何以远过？得君如汉文，犹且以不用死，然则是天下无尧、舜，终不可有所为耶？仲尼圣人，历试于天下，苟非大无道之国，皆欲勉强扶持，庶几❸一日得行其道。将之荆，先之以冉有，申之以子夏。君子之欲得其君，如此其勤也。孟子去齐，三宿而后出昼，犹曰："王其庶几召我。"君子之不忍弃其君，如此其厚也。公孙丑问曰："夫子何为不豫❹？"孟子曰："方今天下，舍我其谁哉？而吾何为不豫？"君子之爱其身，如此其至也。夫如此而不用，然后知天下果不足与有为，而可以无憾矣。若贾生者，非汉文之不能用生，生之不能用汉文也。

夫绛侯亲握天子玺，而授之文帝；灌婴连兵数十万❺，以决刘、吕之雌雄，又皆高帝之旧将。此其君臣相得之分，岂特父子骨肉手足哉？贾生，洛阳之少年，欲使其一朝之间尽弃其旧而谋其新，亦已难矣。为贾生者，上得其君，下得其大臣，如绛、灌之属，优游浸

159

渍而深交之，使天子不疑，大臣不忌，然后举天下而惟吾之所欲为，不过十年，可以得志。安有立谈之间，而遽❻为人痛哭哉！观其过湘，为赋以吊屈原，萦纡郁闷，趯然有远举之志❼。其后卒以自伤哭泣，至于夭绝，是亦不善处穷者也。夫谋之一不见用，安知终不复用也？不知默默以待其变，而自残至此。呜呼！贾生志大而量小，才有余而识不足也。

古之人有高世之才，必有遗俗之累。是故非聪明睿智不惑之主，则不能全其用。古今称苻坚得王猛于草茅之中，一朝尽斥去其旧臣而与之谋。彼其匹夫略有天下之半，其以此哉！愚深悲贾生之志，故备论之。亦使人君得如贾谊之臣，则知其有狷介❽之操，一不见用，则忧伤病沮❾，不能复振。而为贾生者，亦慎其所发❿哉！

题解

这是著名的人物评论文，评论对象为西汉初年文帝时期的政治家贾谊。贾谊怀才不遇、英年早逝的遭遇历来为人所叹惋，苏轼认为贾谊的不幸遭遇应该归咎于他性格和为人处世方面的弱点与不足。本文着重从贾谊自身的角度，分析他不能成功的原因，强调个人在面对困境和机遇时应具备的正确态度和处世方法，论证有理有据、层次分明。

字词直通车

❶ 致：成就功业。❷ 贾生之论：指贾谊向汉文帝提出的《治安策》。
❸ 庶几：希望。❹ 豫：高兴，快乐。❺ 绛侯：周勃，刘邦的功臣；灌婴：刘邦的功臣。❻ 遽（jù）：突然。❼ 萦纡（yíngyū）：曲折回旋，这里比喻心绪不宁；趯（tì）然：超然的样子；远举，原指高飞，这里比喻退隐。❽ 狷（juàn）介：正直孤傲，不同流合污。❾ 病沮：困顿灰心，沮（jǔ），颓丧。❿ 发：泛指立身处世，即上文的自用其才。

拥有才能不算难，但要把才能施展出来实在困难。可惜啊！贾谊有辅佐君王的才能，却不能运用好自己的才能啊。

君子要想达成长远的目标，就一定要等待时机；想成就伟大的功业，就一定要能够忍耐。古代的贤人都具有建功立业的才能，但有些人最终未能施展其才能的万分之一，这未必都是当时君王的错，也许是他们自己造成的。

我看了贾谊的议论，照他所说的规划目标，即使夏、商、周三代的成就又怎能超过他呢？遇到像汉文帝这样的明君，尚且不被重用而郁郁死去，难道天下没有尧、舜那样的贤君，就始终不能有所作为了吗？孔子是位圣人，曾游历天下，只要不是过于无道的国家，都想勉力扶持，希望有朝一日能实现自己的主张。他将到楚国时，先叫学生冉有去接洽，再派子夏去联络。君子想得到君主的信任，是如此殷切啊！孟子离开齐国时，在边境上的昼邑住了三个晚上才离开，还说："齐王也许还会召见我。"君子不忍心离开他的国君，感情是这样深厚。公孙丑向孟子问道："先生为什么不高兴？"孟子说："如今天下治国的人才，除了我还有谁呢？我为什么要不高兴？"君子爱惜自己，达到了这样的程度。像这样的人还得不到重用，便

知道天下真的没有能让自己施展才能的君主了，这才可以不留遗憾了。像贾谊，不是汉文帝不能重用他，而是他不会利用汉文帝来施展自己的政治抱负啊！

绛侯周勃曾亲自捧着天子的玉玺，把它交给汉文帝；灌婴曾联合几十万军队来决定刘、吕两家的胜负，他们又都是汉高祖的旧将。这种君臣相知相助的情分，难道只是父子兄弟之间才有的吗？贾谊，是洛阳的一个年轻人，想要用一个早上的时间让汉文帝废弃全部旧的制度而谋划新的制度，这也太难了吧！对贾谊来说，应对上得到君主赏识，向下团结大臣，像周勃、灌婴等人；自然而然地和他们建立深厚的友谊，使天子不猜疑，大臣不嫉妒，然后让整个天下施行他想要施行的主张，用不了十年，就可以实现自己的抱负。哪有在短暂的交谈之后，就为人家痛哭流涕的呢？看他经过湘江作赋文悼念屈原时，心情复杂而郁闷，有退隐之意。后来因为暗自伤感而常常哭泣，以至于早死，这也是不善于忍受逆境的人。建议一次不被采用，又怎知永远不会被采用呢？不懂得默默等待形势变化，而自我摧残到这种地步。唉！贾谊真是志向大而气量小，才能有余而见识不足啊。

古代的人有出类拔萃的才能，必然会招致不合时宜的困境。因此不是聪明睿智明辨不疑的君主，就不能充分发挥他的作用。从古至今人们都说苻坚在茅屋篱舍之间得到王猛，一时间疏远了他的旧臣，凡事只与王猛商量谋划。他不过是一个普通人却夺得天下的一半，不就是因为这个吗！我深深痛惜贾谊的志向，所以详细地评论他，也提醒君主们如果得到像贾谊这样的臣子，就应该知道他有清高孤傲的操守和性格，一旦不被重用，就忧伤沮丧，不能再振作了。像贾谊这种人，也要慎重地立身处世啊！

再给我一次机会吧！

苏轼断案记

我们都知道苏轼是一个才华横溢的大文豪，殊不知，苏轼作为地方官时也兼任法官审断地方案件。

苏轼在杭州做官时，曾审理过一起拖欠货款的官司。绫绢商控告卖扇小贩欠其两万钱不还，小贩解释并非有意拖欠，而是因天气寒冷阴雨连绵，扇子不好卖，实在拿不出钱来还。苏轼在了解原因后，为了让小贩尽快履约，归还绫绢商货款，就出手相助，将被告家中滞销的扇子作画题字。当小贩把这些扇子刚拿出去卖时，人们争相购买，很快扇子就全部卖光了。小贩拿着卖扇子所得的钱及时偿还了欠款。

苏轼还处理过一个偷税漏税的案件，有一个叫吴味道的老书生，准备进京参加礼部进士考试，他随身携带了两大包货物，官兵在查验时发现，

货物的收件人是苏轼的弟弟，落款是苏轼。原来是家乡人为支持吴味道赴京考试，纷纷拿出自家做的纱布，准备让他带到京城变卖用作盘缠。按照规定，行人带货穿州过府沿途都应该缴税。他盘算了一下，这样到开封，纱布也就所剩无几。他听闻苏轼兄弟喜欢奖励提拔士人，于是决定盗用其名，以便逃税。

苏轼听后，自己亲手写了一张封条，还给弟弟写了一封信，叮嘱苏辙关照这位可怜的老书生。吴味道带着苏轼的"护身符"顺利抵达开封，并于第二年考取进士。高中后，吴味道专程回来拜谢苏轼。

史料笔记中关于苏东坡判案的记载还有很多，如密州盗窃案、杭州颜氏案、杭州高丽僧案等。他在处理民事纠纷时同情小民百姓的疾苦，强调德治，执政为民，守护一方百姓。

日喻 ①

生而眇 ② 者不识日，问之有目者。或告之曰："日之状如铜盘。"扣盘而得其声。他日闻钟，以为日也。或告之曰："日之光如烛。"扪烛而得其形，他日揣籥 ③，以为日也。日之与钟、籥亦远矣，而眇者不知其异，以其未尝见而求之人也。

道之难见也甚于日，而人之未达也，无以异于眇。达者告之，虽有巧譬善导，亦无以过于盘与烛也。自盘而之钟，自烛而之籥，转而相之，岂有既乎？故世之言道者，或即其所见而名之，或莫之见而意之，皆求道之过也。

然则道卒不可求欤？苏子 ④ 曰："道可致而不可求。"何谓致？孙武曰："善战者致人，不致于人。"子夏 ⑤ 曰："百工居肆以成其事，君子学以致其道。"莫之求而自至，斯以为致也欤？

南方多没人 ⑥，日与水居也。七岁而能涉，十岁而能浮，十五而能没矣。夫没者岂苟然哉？必将有得于水之道者。日与水居，则十五而得其道。生不识水，则虽壮，见舟而畏之。故北方之勇者，问于没人，而求其所以没，以其言试之河，未有不溺者也。故凡不学而务求道，皆北方之学没者也。

昔者以声律取士，士杂学而不志于道；今也以经术取士，士知求道而不务学。渤海 ⑦ 吴君彦律，有志于学者也，方求举于礼部，作《日喻》以告之。

到底哪个才是太阳？

165

题 解

《日喻》是元丰元年（1078 年），苏轼任徐州知州时所作，是一篇说理性散文，着重讲了学习和实践的问题，举例生动，寓意深刻。该文以一个盲人识日的生动事例来作比喻，说明要亲自观察，不要以耳代目，才能获得完整的知识。

字词直通车

❶ 日喻：关于太阳的比喻。喻，比喻。❷ 眇（miǎo）：眼盲。

❸ 扪（mén）：用手摸；籥（yuè）：同"龠"，古代一种乐器，形状似箫。

❹ 苏子：苏轼自称。❺ 子夏：卜商，字子夏，孔子弟子。❻ 没（mò）人：能潜入深水的人。❼ 渤海：唐代郡名，今山东滨州一带。

　　有一个出生就失明的人不知道太阳什么样子，就向视力正常的人请教，有人告诉他说："太阳的形状像铜盘。"说着敲击铜盘使盲人听到了它的声音。有一天，盲人听到钟声响，认为那就是太阳了。又有人告诉盲人说："太阳的光亮像蜡烛。"盲人摸了蜡烛知道了它的形状。有一天，盲人摸到了乐器籥，把它当作太阳。太阳与钟、籥差得远呢，而盲人却不知道这三者的区别。这是因为盲人从未见过太阳而只是听人说说。

　　抽象的道理比起太阳来要难见得多了，而普通人尚未明白它，也与盲人不知道太阳没有什么两样。了解道的人要告诉别人什么是道，即使用巧妙的比喻去很好地开导，也并不比铜盘与蜡烛的比喻更形象。从铜盘到钟，从蜡烛到籥，一个比喻接着一个比喻地形容变化，这还有尽头吗？所以世上讲道的人，有的是就其看到的来解释道，有的是没有见过道而主观猜想它，这两者全都是求道的弊病。然而道是永远不可求得的吗？我说："道是可以自然而然地得到而不可以强求的。"什么叫自然而然地得到？孙武子说："善于用兵的人能使敌人自投罗网，而不陷入敌人的圈套。"子夏说："各行各业的手工艺人在作坊里才能成就事业，有才德的人通过刻苦学习才能得到道。"不去强求而自然而然得到，这就是"致"的意思吧！

167

南方有很多善于潜水的人，这是因为天天与水为伴。他们七岁就能蹚水过河，十岁能浮在水面游泳，十五岁就会潜水了。那潜水的人难道是随便学会潜水的吗？一定是掌握了水的规律。天天与水打交道，那么十五岁就可以熟悉水性。从小不接触江河湖水的人，即使到了壮年，看到舟船还是会害怕它。所以北方的勇士向会潜水的人请教怎样潜水，照着潜水人的讲解而到河里去试着游水，没有不淹死的。因此凡是不老老实实地刻苦学习而一心求道的，其实就像北方人学潜水一样。

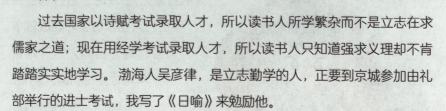

过去国家以诗赋考试录取人才，所以读书人所学繁杂而不是立志在求儒家之道；现在用经学考试录取人才，所以读书人只知道强求义理却不肯踏踏实实地学习。渤海人吴彦律，是立志勤学的人，正要到京城参加由礼部举行的进士考试，我写了《日喻》来勉励他。

苏轼酿酒记

苏轼喜欢酒，也经常小酌一杯，名作《赤壁赋》就是他在饮酒后所作。他一生写过许多关于酒的诗词，如《饮酒》中写道："有客远方来，酌我一杯茗。我醉方不啜，强啜忽复醒。"《望江南·超然台作》词云："休对故人思故国，且将新火试新茶。诗

明月几时有？把酒问青天。

酒趁年华。"最有名的属那句"明月几时有？把酒问青天"。他还写过一篇"酒颂"——《浊醪有妙理赋》表达了他陶然微醉的快乐。

除了喜欢喝酒外，苏轼还喜欢酿酒。

苏轼的酿酒生涯基本上是从被贬官开始的，每到一个不同的地方，他都会研究当地的美酒，并且试着自己酿造。

他在黄州时，自己种的稻子仅够一家人主食开销，没有余粮酿酒。西蜀道人杨世昌告诉他四川老家酿酒的法子，以糯米、蜂蜜为原料，可以不用稻谷。苏轼按照这个方子，试酿了几次，终于酿出了好喝的蜜酒。苏轼特作《蜜酒歌》赠杨世昌，并将这种酿酒方法整理成《蜜酒法》并传予后人，黄州人为了纪念他把这种酒称为"东坡蜜酒"。当地还流传着，苏轼在酿蜜酒时急于求成，喝了之后，上吐下泻的故事。

在惠州的时候，苏轼酿过一种叫"罗浮春"的酒，名字取自取惠州名山罗浮山。这种糯米黄酒主要以名贵珍稀中草药，配以用山泉水酿制的小曲米酒一起浸泡而成，色泽如玉，芬芳醇厚，入口蜜甜，令人陶醉。他还为自己的酒打广告，有诗为证："三山咫尺不归去，一杯付与罗浮春。"

苏轼还酿造了叫"万家春"的酒，也是岭南老百姓喜欢的一种酒。据《苏东坡传》载，仅在惠州时，苏轼就酿过"桂酒""蜜酒""松酒""橘子酒""真一酒"等酒。

他还写了一本《东坡酒经》，用三百七十三个字记述了他酿制黄酒的过程。

1100 年，已六十五岁的苏轼，完成了人生中最后一次酿酒。海南湿气重，为了应对当地湿热的天气，他以天门冬汁液为酒曲，与糯米酿成有药性的米酒——天门冬酒，《本草纲目》载："天门冬酒，补五脏，调六腑，令人无病。"

苏轼是个"酿酒试验家"，他一生所酿之酒有六十多种，在酿酒中自得其乐，但自己却不贪酒，总是能饮到恰到好处即停。

答谢民师书

近奉违 [1]，亟辱 [2] 问讯，具审 [3] 起居佳胜，感慰深矣。轼受性刚简 [4]，学迂材下 [5]，坐废累年 [6]，不敢复齿缙绅 [7]。自还海北 [8]，见平生亲旧，惘然 [9] 如隔世人，况与左右无一日之雅 [10]，而敢求交乎？数赐见临，倾盖如故 [11]，幸甚过望 [12]，不可言也。

所示书教及诗赋杂文，观之熟矣。大略如行云流水，初无定质，但常行于所当行，常止于所不可不止，文理自然，姿态横生。孔子曰："言之不文，行而不远。"又曰："辞，达而已矣。"夫言止于达意，即疑若不文，是大不然。求物之妙，如系风捕影；能使是物了然于心者，盖千万人而不一遇也，而况能使了然于口与手者乎？是之谓辞达。辞至于能达，则文不可胜用矣。扬雄好 [13] 为艰深之辞，以文浅易之说 [14]；若正言之，则人人知之矣。此正所谓"雕虫篆刻" [15] 者，其《太玄》《法言》皆是类也 [16]。而独悔于赋，何哉？终身雕虫而独变其音节，便谓之经，可乎？屈原作《离骚经》，盖

171

风、雅之再变者，虽与日月争光可也，可以其似赋而谓之雕虫乎？使贾谊见孔子，升堂有余矣；而乃以赋鄙之，至与司马相如同科。雄之陋，如此比者甚众。可与知者道，难与俗人言也，因论文偶及之耳。欧阳文忠公言文章如精金美玉，市有定价，非人所能以口舌定贵贱也。纷纷多言，岂能有益于左右，愧悚[17]不已。

所须惠力法雨堂字，轼本不善作大字，强作终不佳，又舟中局迫[18]难写，未能如教[19]。然轼方过临江，当往游焉。或僧有所欲记录，当为作数句留院中，慰左右念亲之意。今日至峡山寺，少留即去。愈远[20]，惟万万以时自爱[21]。不宣。

文章写于元符三年（1100 年）。当时谪居琼州的苏轼遇赦北还，九月

底路过广州。担任广州推官的谢民师多次携带诗文登门求教，他们在很短的时间内结下了深厚的情谊。苏轼离开广州后，两人继续书信往来，此文是答谢民师的第一封信。

字词直通车

① 奉违：指与对方告别。违，别离。**②** 亟（qì）：屡次；辱：委屈，谦词。**③** 具审：完全了解。**④** 受性：秉性；刚简：刚强简慢。**⑤** 学迂：学问迂阔；材下：才干低下。**⑥** 坐废：因事贬职；累年：好几年。**⑦** 复齿缙（jìn）绅：再进入士大夫的行列。**⑧** 还海北：苏轼自海南岛渡海北还。**⑨** 惘然：失意的样子。**⑩** 左右：这里是对人的尊称；雅：指交情。**⑪** 倾盖如故：一见就像老朋友。**⑫** 过望：出乎意料。**⑬** 扬雄：字子云，西汉著名学者；好：喜欢。**⑭** 文：遮掩；说：内容。**⑮** 雕虫篆刻：意谓雕琢字句。**⑯**《太玄》《法言》：扬雄的著作；皆是类：都是这一类。**⑰** 愧悚（sǒng）：惭愧和恐惧。**⑱** 局迫：狭窄。**⑲** 如教：照嘱托办。**⑳** 愈远：（离开你）愈加远了。**㉑** 以时：随时；自爱：保重自己。

译文

最近我俩分别之后，多次承你来信问候，了解到你日常生活很好，十分欣慰。我生性刚直、待人不周到，所学不合时宜、才干低下，因而遭贬多年，不敢再自居于士大夫行列。自从渡海北还，见到旧日亲友，也已经漠然如同路人，何况与你平素没有交往，怎么敢希求彼此结为朋友呢？你数次屈尊光临，交谈之间一见如故，使我万分欣幸，意想不到，无法用语言来形容。

你给我看的信和诗赋杂文，我已读了很多遍。大致都像行云流水一样，原本没有固定的形式，常常是应该流动时就流动，不能不停止时就停止，文章条理自如，姿态多变而不受拘束。孔子说："语言缺乏文采，流传就不会广远。"又说："言辞只求能表达意思就行了。"言辞仅要求能表达出意思，就似乎不需讲究文采了，完全不是这样。要把握住事物的微妙处，就像捕风捉影那样难。心中能把事物彻底弄清楚的，大概在千万人中也找不到一个，更何况是要用口说和手写把事物表达清楚呢？表达清楚的，这就叫"辞达"。言辞要做到能够达意，那也一定是富于文采的。扬雄喜欢用艰深的辞藻来文饰浅显易懂的意思，如果直截了当地说出来，是人人都懂得的。这种写作方法正如他所说的是"雕虫篆刻"，他的《太玄》《法言》都属于这一类。而他偏偏只对作赋后悔，这是为什么呢？他一生讲求雕琢字句，而写作《太玄》《法言》和赋相比较只是在音节上略有改变，便称为经，这可以吗？屈原作的《离骚》，是《风》《雅》传统的发展，即使与日月争辉也不逊色。难道我们可以因为它像赋而称之为雕虫小技吗？如果贾谊能见到

孔子，那么他的学行可以超过"升堂"而达到"入室"的境地。而扬雄却因贾谊作过辞赋而看不起他，甚至把他同司马相如一样看待。像这样浅陋的见解，在扬雄身上是很多的。这些话可以同明白人说，不能同一般人讲，我因为论述文章偶然说到这个问题。

欧阳修先生说："好的文章如纯金美玉，市上价钱是有规定的，不是凭谁的一句话就能论定价格的贵贱。"我啰里啰唆讲了一大堆，对你未必有什么好处吧，真是惭愧惶恐。

你要我为惠力寺法雨堂题字，我本来不善于书写大字，勉强写来终究不好，又加上船上地方狭窄难以书写，所以未能照你的嘱咐写好。但是我正好要经过临江，应当往惠力寺游览。或许惠力寺的僧人想让我写点什么，我定会写上几句留在寺院内，以安慰你的乡土之思。今天到达峡山寺，稍作逗留后就离开。与你相距越来越远，只希望你千万珍重。就不一一细说了。

知识小百科

苏轼美食记

苏东坡
初到黄州。#美食分享#

♡10 ↻4 ♡32 ⤴2

苏东坡拥有许多冠以"家"字的头衔，如思想家、文学家、辞赋家、书画家等等，而其中最为人喜闻乐见的，也是他自己所乐于接受的，恐怕还是美食家这个名头。他坦言自己是个"老饕"（《老饕赋》）。"老"有资深之意，而"饕"，则是贪吃之谓也。这位"大宋第一潮人"有一双善于发现美的眼睛，还有一颗能发现美食的心灵。

苏轼在黄州时，带着家人开荒种地，过着自给自足的生活。身为资深美食家的苏轼，到了新环境首先要找找这里有啥能吃的，下河捕鱼、上山挖竹笋。他还专门写了一首诗《初到黄州》中有："自笑平生为口忙，老来事业转荒唐。长江绕郭知鱼美，好竹连山觉笋香。"以此来记录黄州鱼美笋香。

苏轼不但把自己喜欢的美食写成千古流传的绝句，还记录下来制作方法，传授给左邻右舍。如《煮鱼法》中记录了对鱼肉的烹调，《东坡羹颂》记录了如何调制菜羹。

苏轼还发现黄州的猪肉价格也便宜。于是苏轼买来猪肉，把猪肉切成小块放进锅中，加盐后"慢着火，少着水，火候足时它自美"，并将经验写入《猪肉颂》。

除了东坡肉、东坡鱼之类，苏轼还为黄州贡献了东坡豆腐、东坡饼、东坡腿等美食。

冬季来一锅热腾腾的羊蝎子，暖胃又滋补。殊不知，这羊蝎子的另一种做法烤羊蝎

东坡肉

东坡腿

东坡豆腐

东坡饼

唐宋
八大家
一读就懂一学就会
不用背

子也是苏轼的杰作。爱吃肉的苏轼被贬到惠州时，不好意思与当地官员们去争买羊肉，只好买一些剩下的羊脊骨，结果经过他的妙手烹制，发现烤羊脊骨味道竟然异常鲜美。于是美食羊蝎子就这样诞生了。

苏轼吃着开心，还把烤羊蝎子的独家秘方传授给了弟弟苏辙，他告诉弟弟："骨头缝里面的这点肉，吃起来味道极美，有螃蟹的味道。"（"终日抉剔，得铢两于肯綮之间，意甚喜之，如食蟹螯。"）

在被贬到海南期间，因为当时地方偏僻，物资短缺，苏轼在诗中埋怨肉菜少："五日一见花猪肉，十日一遇黄鸡粥。土人顿顿食薯芋，荐以薰鼠烧蝙蝠。"当地人以山芋为主食，苏轼与儿子自创了一道美食，名曰"玉糁羹"，并写诗记下："香似龙涎仍酽白，味如牛乳更全清。"

儋州海鲜众多，苏轼因地制宜，就地取材，制作出酒煮生蚝、烤生蚝两种海鲜美食；用蔓菁、白萝卜、苦荠等青菜与米豆煮成菜羹，被他在《菜羹赋》里描绘为"自然之味"；为了心中对美食的热爱和执着，他还编写了一篇美食文章《老饕赋》来描述烹饪与饮食。苏轼将烹制食物的快乐写进诗歌中，平常的食物在他笔下充满了意趣，令人垂涎欲滴。

纵观苏轼留下来的"美食宝典"，他的美食领域可谓是天南海北。他自创的佳肴各个带有独特的风味，真是文豪界中一个充满烟火气的"超级美食家"。

苏辙

千载高安客，游弋于经史之间

堪称"扶哥狂魔"，为救兄长苏轼多次挺身而出

唐宋八大家中年龄最小、寿命最长的一位

喜欢数术

苏辙与苏轼一起被称为"北宋文坛双子星"，与父亲苏洵、兄长苏轼合称"三苏"

散文家，散文风格质朴、缜密，有"汪洋淡泊，一唱三叹"的特点

书法家
书法风格近似苏轼

低调内敛的实干家

人物介绍

苏辙（1039—1112 年），字子由，又字同叔，号东轩长老，晚号颍滨遗老。眉州眉山人。

主要身份： 北宋文学家、思想家

主要擅长： 散文、诗、书法

主要作品：《诗集传》《春秋集解》《论语拾遗》《老子解》《古史》《龙川略志》《龙川别志》

主要成就： 以散文著称，擅长政论和史论，善书法。

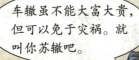

◎ **1039 年**

苏辙出生，比哥哥苏轼小两岁。

◎ **1056 年**

离开眉山，父子三人进京参加科举考试。

◎ **1057 年**

与哥哥参加礼部会试，当时欧阳修主持，将苏轼、苏辙兄弟置于高等，苏辙名登五甲。母亲程夫人病逝，父子三人回乡守孝。

◎ **1061 年**

参加制科考试，苏辙得了第四等的好成绩。不久后，兄弟二人被任官。苏辙并未赴任，留在京城侍养父亲。

◎ **1066 年**

父亲苏洵在京师病逝，与哥哥回蜀葬父。

◎ **1069 年**

服丧期结束后还朝，任制置三司条例司检详文字。后因上书直陈新法之弊，触怒王安石，被贬为河南府留守推官。此后的几年跟随张方平、文彦博等人任职。

《为轼下狱上书》

哥哥，等我来救你！

召苏辙回京任职。

◎ 1079—1084 年

1079 年，苏轼因"乌台诗案"被捕入狱。苏辙上书请求削去自己的官职为兄赎罪，未获批准，受牵连被贬为监筠州（今江西高安）盐酒税，长达五年不得升调。

◎ 1085 年

神宗驾崩，宋哲宗即位，以秘书省校书郎被召回京，逐渐被重用，至 1092 年，他先后任中书舍人、吏部尚书、尚书右丞、门下侍郎等职。

哥哥，保重！

子由，我会想你的！

◎ 1094 年

上书反对哲宗恢复熙宁新法，一年三贬黜，最后降授试少府监，分司南京，在筠州居住。苏辙两度谪贬高安——两次共 8 年时间，中间整整相隔 10 年。哥哥苏轼在诗中称他为"高安客"。

◎ 1097 年

被贬雷州，苏轼被贬海南。五月，兄弟相遇于藤州（今广西藤县），苏辙送苏轼赴海南。六月分别于海滨，这成为他们最后一次见面。

◎ 1101 年

哥哥苏轼在北归途中病逝。苏辙悲痛欲绝，为兄长写祭文，两次写诗《追和轼归去来词》，后作《东坡先生墓志铭》。

终于实现"夜雨对床"的约定了。

苏轼墓 苏辙墓

遗老斋

哥哥，放心。侄子们在我这里很好。

◎ 1104 年

隐居颍川，建居所"遗老斋"，自号"颍滨遗老"。

◎ 1112 年

苏辙以太中大夫职致仕。十月，逝世，按遗愿葬于苏轼墓旁。因长子被重用，宋高宗追封苏辙为太师、"魏国公"。

黄州快哉亭记

江出西陵，始得平地，其流奔放肆大。南合湘沅，北合汉沔❶，其势益张；至于赤壁之下，波流浸灌❷，与海相若。清河张君梦得，谪居齐安，即❸其庐之西南为亭，以览观江流之胜，而余兄子瞻名之曰"快哉"。

盖亭之所见，南北百里，东西一舍❹。涛澜汹涌，风云开阖❺。昼则舟楫出没于其前，夜则鱼龙悲啸于其下。变化倏忽❻，动心骇目，不可久视。今乃得玩之几席之上，举目而足。西望武昌诸山，冈陵起伏，草木行列，烟消日出，渔夫樵父之舍，皆可指数❼。此其所以为"快哉"者也。至于长洲之滨，故城之墟❽，曹孟德、孙仲谋之所睥睨❾，周瑜、陆逊之所骋骛❿，其流风遗迹，亦足以称快世俗。

昔楚襄王从宋玉、景差于兰台之宫⓫，有风飒然至者，王披襟当⓬之，曰："快哉，此风！⓭寡人所与庶人共者耶？"宋玉曰："此独大王之雄风耳，庶人安得共之！"玉之言，盖有讽焉。夫风无雄雌之异，而人有遇不遇之变。楚王之所以为乐，与庶人之所以为忧，此则人之变也，而风何与焉？士生于世，使其中不自得，将何往而非病⓮？使其中坦然，不以物伤性，将何适⓯而非快？

今张君不以谪为患，窃会计之余功⓰，而自放山水之间，此其中宜有以过人者。将蓬户瓮牖⓱无所不快，而况乎濯长江之清流，揖⓲西山之白云，穷耳目之胜以自适也哉！不然，连山绝壑，长

181

林古木，振之以清风，照之以明月，此皆骚人思士之所以悲伤憔悴而不能胜[19]者，乌[20]睹其为快也哉！

元丰六年十一月朔[21]日，赵郡苏辙记。

题解

1079年，苏轼因"乌台诗案"被贬黄州。苏辙上书营救苏轼，因而获罪被贬为监筠州（今江西高安）盐酒税。元丰六年（1083年），与苏轼同谪居黄州的张梦得（字怀民），为览观江流，在住所西南建造了一座亭子，苏轼取名为"快哉亭"，苏辙则为它作记以志纪念。此文因其高超的艺术技巧，历来被人推崇备至，公认是一篇写景、叙事、抒情、议论紧密结合并融为一体的好文章。

字词直通车

1 汉沔（miǎn）：汉水，在长江北岸。**2** 浸（jìn）灌：这里指水势浩大。**3** 即：就着，依着。**4** 一舍（shè）：三十里。**5** 风云开阖（hé）：风云变化，风云有时出现，有时消失。开，开启。阖，闭合。**6** 倏（shū）忽：顷刻之间，一瞬间，指时间短。**7** 指数：名词作状语，用手指清点。**8** 故城之墟：旧日城郭的遗址。**9** 睥睨（pìnì）：傲视。**10** 骋骛（chěngwù）：形容驰骋疆场。**11** 兰台之宫，遗址在湖北钟祥东。**12** 披：敞开；当：迎接。**13** 快哉此风：主谓倒装，应为"此风快哉"，解释为这风多么让人感到畅快啊！**14** 病：忧愁，怨恨。**15** 适：往，去。**16** 窃：利用；会计：指征收钱谷、管理财务行政等事务；余功：公事之余的时间。**17** 瓮牖（yǒu）：用破瓮做窗。**18** 揖：拱手行礼。**19** 胜：承受，禁得起。**20** 乌：哪里。**21** 朔：农历每月初一。

长江出了西陵峡，才进入平地，水势奔腾浩荡。南边与沅水、湘水合流，北边与汉水汇聚，水势显得更加壮阔。流到赤壁之下，波浪滚滚，如同大海一样。清河县的

张梦得被贬官后居住在齐安，于是他在房舍的西南方修建了一座亭子，用来观赏长江的胜景。我的哥哥子瞻给这座亭子起名叫"快哉亭"。

在亭子里能看到长江南北上百里、东西三十里的范围。这里波涛汹涌，风云变化不定。在白天，船只在亭前来往出没；在夜间，鱼龙在亭下的江水中悲声长啸。景物变化很快，令人触目惊心，不能长久地观看。现在能够在几案旁边随时观看这些景色，抬起眼来就足够看了。向西眺望武昌的群山，只见山脉蜿蜒起伏，草木成行成列，烟消云散，阳光普照，捕鱼、打柴的村民的房舍，都可以一一数清。这就是把亭子称为"快哉"的原因。到了长江岸边古城的废墟，是曹操、孙权傲视群雄的地方，是周瑜、陆逊驰骋战场的地方，那些流传下来的风范和事迹，也足够让世俗之人称快。

从前，楚襄王让宋玉、景差跟随着游兰台宫。一阵风吹来，飒飒作响，楚王敞开衣襟，迎着风，说："这风多么畅快啊！这是我和百姓所共有的吧？"宋玉说："这只是大王

的雄风罢了，百姓怎么能和你共同享受它呢？"宋玉的话在这儿大概有讽喻的意味吧。风并没有雄雌的区别，而人有生得逢时、生不逢时的不同。楚王感到快乐的原因，而百姓感到忧愁的原因，正是由于人们的境遇不同，跟风又有什么关系呢？读书人生活在世上，假使心中不坦然，那么到哪里没有忧愁？假使胸怀坦荡，不因为外物而伤害天性（本性），那么，在什么地方会不感到快乐呢？

张梦得不把被贬官而作为忧愁，利用征收钱谷的公事之余，在大自然中释放自己的身心，他心中应该有超过常人的地方。即使是用蓬草编门，以破瓦罐做窗，都没有觉得不快乐，更何况在清澈的长江中洗涤，面对着西山的白云，尽享耳目的美景来自求安适呢？如果不是这样，连绵的峰峦，深陡的沟壑，辽阔的森林，参天的古木，清风拂摇，明月高照，这些都是伤感失意的文人士大夫感到悲伤憔悴而不能忍受的景色，哪里看得出这是畅快的呢！

元丰六年十一月初一，赵郡苏辙记。

知识小百科

宋玉是个什么样的人?

历史上"屈宋"并称,屈原是楚骚的创始人,宋玉是楚赋的开拓者,宋玉与屈原一起被尊为中国文学的开山者和奠基人。

李白说"屈宋长逝,无堪与言";杜甫诗赞"摇落深知宋玉悲,风流儒雅亦吾师";更有欧阳修云"宋玉比屈原,时有出蓝之色"。由此可见,宋玉的文采和学问并不输于屈原。

宋玉的辞赋作品主要有十四篇:《九辩》《招魂》《风赋》《高唐赋》《神女赋》《登徒子好色赋》《对楚王问》《笛赋》《大言赋》《小言赋》《讽赋》《钓赋》《御赋》《微咏赋》。这些作品中,除《九辩》《招魂》为楚辞体诗歌外,其余均是赋体文学。宋玉由此被称为"赋家之圣"。

同时宋玉还是"悲秋之祖",《九辩》的悲秋主题,使之成为中国文学史上第一篇情深意长的悲秋之作。

同时,宋玉还是一位品德高洁的爱国之士。宋玉所处的时代,列国纷争,烽火不断,时刻有家破国亡之忧。然而,楚王不理国事,荒于朝政,这使得宋玉忧心如焚。他有心报国,却无力回天。他只有将自己的治国主张融进作品中,在自己的辞赋作品中塑造了一个立身高洁的国士形象。

最后,他还是中国古代四大美男子之一。

东轩记

余既以罪谪监筠州盐酒税①，未至，大雨，筠水泛滥，蔑②南市，登北岸，败刺史府门。盐酒税治舍，俯江之漘③，水患尤甚。既至，敝不可处，乃告于郡④，假部使者府以居。郡怜其无归也，许之。岁十二月，乃克支其欹斜⑤，补其圮⑥缺，辟听事堂之东为轩，种杉二本，竹百个，以为宴休之所。然盐酒税旧以三吏共事。余至，其二人者适皆罢去，事委于一。昼则坐市区鬻盐、沽酒、税豚鱼，与市人争寻尺⑦以自效。莫归筋力疲废，辄昏然就睡，不知夜之既旦。旦则复出营职，终不能安于所谓东轩者。每旦莫出入其旁，顾之未尝不哑然自笑也。

余昔少年读书，窃尝怪颜子以箪食瓢饮⑧居于陋巷，人不堪其忧，颜子不改其乐。私以为虽不欲仕，然抱关击柝⑨，尚可自养，而不害于学，何至困辱贫窭⑩自苦如此？及来筠州，勤劳盐米之间，无一日之休，虽欲弃尘垢，解羁絷⑪，自放于道德之场，而事每劫⑫而留之。然后知颜子之所以甘心贫贱，不肯求斗升之禄以自给者，良以其害于学故也。嗟夫！士方其未闻大道，沉酣势利，以玉帛子女自厚，自以为乐矣。及其循理以求道，落其华而收其实，从容自得，不知夫天地之为大与死生之为变，而况其下者乎？故其乐也，

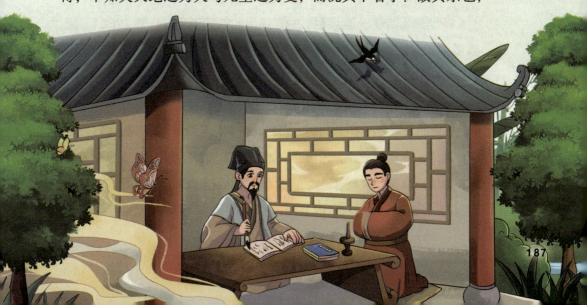

足以易穷饿而不怨，虽南面之王¹³，不能加之，盖非有德不能任也。余方区区¹⁴欲磨洗浊污，睎¹⁵圣贤之万一，自视缺然，而欲庶几颜氏之乐，宜其不可得哉！若夫孔子周行天下，高为鲁司寇，下为乘田委吏，惟其所遇，无所不可，彼盖达者之事而非学者之所望也。

余既以谴来此，虽知桎梏¹⁶之害而势不得去，独幸岁月之久，世或哀而怜之，使得归伏田里，治先人之敝庐，为环堵¹⁷之室而居之，然后追求颜氏之乐，怀思东轩，优游以忘其老，然而非所敢望也。

元丰三年十二月初八日，眉山苏辙记。

题解

《东轩记》作于宋神宗元丰三年（1080年）。这年，苏东坡贬谪湖北黄州任团练副使，作者因牵连罪被贬往江西筠州高安。当时正遇洪水泛滥，位于河边的盐酒税舍被洪水冲到河里去了。这年十二月，他将被洪水冲坍塌的州府听事堂东面的房屋进行修补，作为自己宴休的地方，名之曰"东轩"，并写下《东轩记》一文。这篇文章借记东轩挥洒笔墨，集中抒发了对仕、道关系的思考。虽然是为东轩建造而作，实际是反映被贬后的处境和心情。

字词直通车

❶ 监筠（jūn）州盐酒税：主管筠州的盐酒税务。❷ 蔑（miè）：灭。❸ 漘（chún）：水边。❹ 郡：郡守，这里代指宋代的知州。❺ 克支：支撑起；攲（qī）斜：倾斜。❻ 圮（pǐ）：倒塌。❼ 寻尺：细小之物。❽ 箪（dān）食（sì）瓢（piáo）饮：形容生活俭朴，贫困。❾ 抱关击柝（tuò）：守门打更的小官吏。❿ 窭（jù）：贫寒。⓫ 羁絷（jīzhí）：束缚。⓬ 劫：约束，阻碍。⓭ 南面之王：古以坐北朝南为尊，故有南面称王之说。⓮ 区区：诚挚。⓯ 睎（xī）：仰望，向上看。⓰ 桎梏（zhìgù）：中国古代的一种刑具，比喻束缚人之物。⓱ 环堵：形容狭小、简陋的居室。

何以为家呀？

我因为获罪已经被贬担任管理筠州盐酒税收的税务官，我还没有到任就下起了大雨。筠州大水泛滥成灾，淹没了南岸的市场，漫上了北坡，冲坏了州府的大门。盐酒税所就在江边，水灾尤其严重。我来到住所的时候，房屋破败，没有安身之处。于是向郡府的长官作了报告，请求借用户部巡祭使衙门暂居。郡府长官同情我没有安身的地方，就答应了我的请求。

这年十二月，才能勉强支立起倾斜的房子，将倒塌的墙壁修好，又在听事堂的东边盖了一间小屋。屋前种了两株杉树

自己动手丰衣足食。

爹，以后我们就有房住了吗？

和上百棵竹子，作为我读书休息的处所。但是，盐酒税务的差事以前由三个人来管，我来到这里时，其余二人正好都卸职离去，所有的事务都落在我一个人头上。白天我得坐守在市场上，卖盐卖酒，收猪、鱼交易的利税，与市场上的买卖人为尺寸的小利争执以尽我的职责。晚上回去已经筋疲力

打一壶酒。

卖酒啦！

我要交税。

尽，昏然睡去，直到第二天天亮了都不知道。然后清晨又得出去工作，始终也不能在所谓的东轩安闲地休息。每天早晚都从它旁边出入，回头看看，不禁使人内心产生一种无可奈何的苦笑。

我小的时候读书，私下里曾经认为颜子吃粗茶淡饭、住偏僻简陋小巷的生活很奇怪，别人都忍受不了这种困苦，颜回却怡然自乐。我私下认为即使不想从政做官，那么至少也应该做点看门打更的小差事以养家糊口，而且不妨碍治学，何至于贫穷困苦到如此地步呢？可是自从我来到筠州，每天为盐米这些琐事操劳，一天都没有休息。虽然很想离开人声喧嚣、尘土飞扬的市场，摆脱繁杂琐碎的事务，回到能修身养性、培养品德的场所去，但每每被繁杂的事务缠绕住而身不由己。从这以后才知道颜回之所以甘心贫贱，不肯谋求一斗升的薪禄来养家糊口，实在是因为这样的处境对

治学是有害的啊！唉，读书人在他还没有最高理想境界的时候，沉醉在权势利益之中，为财帛子女经营，并以此为乐趣。等到他按着正理而寻求人生的最高理想的时候，就能摆脱虚华而追求真正的人生。那时就会从容自得，连天地的大小、人的生死都可以置之不顾，更何况其他事情呢！所以那种乐趣，足够对穷困饥饿的处境漠视不顾，毫无怨言，即使让他南面称王他也不会接受，大概品德不高尚的人是达不到这种境界的。我正想以诚挚的心情洗心革面，勤学求道，希望能达到至圣先贤们的万分之一。可是我自知我的不足，而希望达到颜回那样忧道不忧贫的境界，岂不是更做不到吗？至于孔子到列国去游说，最高的官职是做了鲁司寇，最低的时候还做过乘田、委吏，只要他接触的官职，他都能做好。他所做的都是达者的事情，不是我们这些平常学者能够办到的。

我已经被贬谪在这里，虽然知道受职事的束缚不能离开，只希望时间久了，世人或许能同情可怜我，让我返回家乡，修建先人留下的破败家园，盖起简陋的房屋栖身。然后追求颜回安贫乐道的志趣，实现所向往的东轩之乐，优哉游哉，其乐无穷，不知老之将至，然而这不过是幻想，我是不敢有这样的希冀的。

元丰三年十二月初八日，眉山苏辙所作。

知识小百科

复圣颜子的故事

颜回，颜氏，名回，字子渊，亦称颜渊，鲁国都城人。春秋末期鲁国思想家，孔门七十二贤之首，尊称"复圣颜子"。

颜回生活清苦而能安贫乐道，终身未仕而好学不倦。他一生追随孔子，天赋聪颖，对孔子学说身体力行，多次受到孔子的称赞。

颜回通过自己讲学授徒，传授儒学六经；通过协助孔子整理古代典籍，逐渐扩大了自己的影响，形成了儒家的一个宗派——颜氏之儒。

　　自孔子死后，儒分八派，"颜氏之儒"是其中的一派。颜氏之儒是指颜回弟子在继承颜子思想的基础上发展起来的儒学支派，重于立德。

　　颜回之德是颜回留给后世最丰厚，也是最不朽的文化遗产。颜回的不朽，在于其重立德，后世称他为"复圣"，便是对其重于立德的肯定。

　　颜回之德的核心是"仁"，他把孔子的"仁"，落实于个人的行动中，而不是停留在口头上。颜回以其高尚的道德人格影响社会，启迪后世。

墨竹赋

与可①以墨为竹，视之，良竹也。

客见而惊焉曰："今夫受命于天，赋形于地。涵濡②雨露，振荡风气。春而萌芽，夏而解弛，散柯布叶，逮冬而遂③。性刚絜而疏直，姿婵娟以闲媚④。涉寒暑之徂变⑤，傲冰雪之凌厉。均一气于草木，嗟壤同而性异。信⑥物生之自然，虽造化其能使⑦？今子研青松之煤，运脱兔之毫。睥睨⑧墙堵，振洒缯绡。须臾而成，郁乎萧骚。曲直横斜，秾纤庳高⑨，窃造物之潜思，赋生意于崇朝⑩。子岂诚有道者耶？"

与可听然而笑曰："夫予之所好者，道也，放乎竹矣。始予隐乎崇山之阳，庐乎修竹之林，视听漠然，无概乎予心。朝与竹乎为游，莫与竹乎为朋，饮食乎竹间，偃息乎竹阴。观竹之变也多矣，若夫风止雨霁，山空日出。猗猗⑪其长，森⑫乎满谷。叶如翠羽，筠⑬如苍玉。淡乎自持，凄⑭兮欲滴。蝉鸣鸟噪，人响寂历。忽依风而长啸，眇⑮掩冉以终日。笋含箨而将坠，根得土而横逸。绝⑯涧谷而蔓延，散子孙乎千亿。至若丛薄⑰之余，斤斧所施。山石荦埆⑱，荆棘生之。蹇⑲将抽而莫达，纷既折而犹持⑳。气虽伤而益壮，身已病而增奇。凄风号怒乎隙穴，飞雪凝沍乎陂池㉑。悲众木之无赖，虽百围而莫支。犹复苍然于既寒之后，凛乎无可怜之姿。追松柏以自偶，窃仁人之所为㉒。此则竹之所以为竹也。始也，余见而悦之；今也，悦之而不自知也。忽乎忘笔之在手与纸之在前，勃然而兴，而修竹森然。虽天造之无朕㉓，亦何以异于兹焉？"

客曰："盖予闻之，庖丁，解牛者也，而养生者取之；轮扁，斫轮者也，而读书者与之。万物一理也，其所从为之者异尔。况夫夫子之托于斯竹也，而予以为有道者，则非耶？"

　　与可曰："唯，唯。"

题解

　　本文是一篇文赋，以优美生动的语言来渲染真竹之美、比衬画竹之美，以此突出文与可出神入化的绘竹技巧。苏辙高度赞美了文与可所画的墨竹，并为文与可总结了画竹的经验。

字词直通车

　　❶ 与可：画家文同的字，擅长画墨竹。❷ 涵濡（rú）：滋润，沉浸。❸ 逮（dài）：等到；遂：完成，指嫩竹成长为劲竹。❹ 婵娟：姿态秀美；闲媚：娴雅妩媚。❺ 涉：经历；徂（cú）变：寒来暑往的变化。❻ 信：诚然，确实。❼ 使：指限定和改变。❽ 睥睨（pìnì）：斜视，此处指聚精会神，超然物外的状态。❾ 秾（nóng）纤庳（bì）高：粗细高矮。❿ 崇朝（zhāo）：即早晨，比喻时间短暂。⓫ 猗（yī）猗：美盛的样子。⓬ 森：高耸繁茂的样子。⓭ 筼（yún）：青色竹皮。⓮ 淒：沾湿的样子。⓯ 眇（miǎo）：注视，傲视。⓰ 绝：横穿，穿越。⓱ 丛薄：丛生的杂草。⓲ 荦埆（luòquè）：怪石嶙峋的样子。⓳ 謇（jiǎn）：艰难不顺。⓴ 纷：杂乱；持：相持，抗衡。㉑ 凝沍（hù）：结冰，冻结；陂（bēi）池：池塘。㉒ 窃：谦词，私下效法；仁人：仁爱有节操的人。㉓ 朕：迹象或先兆。

译文

这竹子和真的一样。

文同擅长画墨竹，画出的竹子看起来和真的一样，有竹之神韵。

客人见到他画的竹子之后非常惊讶，说："大自然赋予了竹子生命和形貌。竹子受到雨露滋润，存在于天地间。春天竹子开始萌芽生长，夏天竹笋就脱离竹壳，舒展为竹。等到叶子慢慢增多，到了冬天竹子就长成了。竹子性情刚直，长得姿态娴雅却妩媚。历经寒暑变化，笑傲冰雪严寒。草木所吸收的天地间浑然之气是一样的，嗟叹它们生长的土壤一样，但是性情却不一样。确实万物生长有其天然的本性，除了造物主外谁能够驾驭得了？如今你却用松烟制成的墨，用兔毛制成的笔，漫不经心地看着作画的墙壁，然后在绢帛上尽情挥洒，不一会儿就画好了。竹子枝叶纷繁茂盛，极为传神，仿佛能听到风吹竹叶发出的声音。画出的竹子弯直横斜，粗细高低，形态各异。窃取了造物主的神妙构思，赋予画竹以蓬勃生机。你难道就是那得道的人吗？"

文同听过了之后微笑着说："我所追求的就是道，把这种追求寄予在竹子中了。我开始在高山的南面隐居，在竹林附近修建房屋，视听淡漠，对外界无牵挂。早晨和傍晚都和竹子在一起。在竹林间吃饭，在竹荫下睡觉休息。看到竹子形态体貌的变化很多。每当风住、雨停的时候，山林间空旷幽静，太阳出来，竹林就显得特别秀丽茂盛，布满了整个山谷。竹叶像是翠鸟的羽毛，竹上的青皮像是青玉，颜色非常淡，竹上的寒露好像都要滴下来了。只有蝉和鸟在林间鸣叫，人的声音寂寞而寥落。我顺着风长啸一声，终日看着那苍茫的远方。新的竹笋带着笋壳一起落下，根在土里生长，

你画的竹栩栩如生，简直是得道高人！

此道非彼道。

竹子坚忍不屈，品性高洁。

穿过涧谷蔓延开来，生出成千上万的子孙。到了被斧头砍过，比较稀薄的地方，怪石嶙峋，荆棘丛生，竹在那种地方艰难地抽出来却不能伸展开，虽欲倒却顽强支撑着，虽环境艰难元气受损却更加坚强，身体弯折形状却更加奇特。狂风怒号的天气，天寒地冻，叹息别的树木即使很粗大却没有自持。竹却依旧在严寒之后苍翠，没有那种可怜的姿态，使自己与松柏同列，这是效仿仁者的做法，这就是竹子为什么称之为竹了。我一开始见到竹子就很喜悦，如今这种喜悦的感觉已经融入自己身体里了。来了兴致之后，挥毫泼墨，那真切的

原来杀牛中蕴含着养生的道理。

竹子就在眼前了。虽然自然的竹子是天造地设的，可是这与墨竹又有什么分别呢？"

客人听了之后说："我从前听说，庖丁是个杀牛的厨师，但是学养生的人从他那里学到了养生的道理；轮扁，是制造车轮的木匠，

读书也要有工匠精神。

读书的人却从中学到了读书的道理。世上一切的道理都是相通的，只不过他们所从事的工作不一样而已，更何况你把这道理寄托在竹子中，我说你是得道的人，难道不是吗？"

文同听过之后说："大概是这样子的吧。"

你是把道理寄托在竹子中了。

对的，画竹也是长期实践，熟能生巧的结果。

197

知识小百科

文同与苏轼同为"竹痴"

　　文同（1018—1079年），字与可，号笑笑居士、笑笑先生，人称石室先生。北宋梓州梓潼郡永泰县（今属四川省绵阳市盐亭县）人。著名画家、诗人。他与苏轼、苏辙是从表兄弟，以学名世，擅诗文书画，深为文彦博、司马光等人赞许，尤受其表弟苏轼敬重。

> 表兄，表兄，等等我。

　　这对表兄弟之间还发生了一件趣事，也是因为竹子引发的。

　　二人皆是"竹痴"。苏轼"宁可食无肉，不可居无竹"。苏东坡深受文同"传染"，也喜欢画竹，并且还是文同授之以技法。

　　文同任洋州太守时，别人都觉得那里是穷乡僻壤，但文同却十分惬意于此地，因为这里满山满谷都是竹林。一日，文同与夫人同去观竹，晚饭仅有竹笋下饭。正吃间，收到东坡信札。东坡除了照例嘘寒问暖外，还附了一诗："汉川修竹贱如蓬，斤斧何曾赦箨龙。料得清贫馋太守，渭滨千亩在胸中。"

文同读罢诗句，开怀大笑，自言自语："世无知己者，唯子瞻（东坡的字）识吾妙处。"

东坡也在诗文中写道："与可于予亲厚无间如此也""一日不见，使人思之"。文同死后，东坡曾以手抚摩文同的画作，挥泪不止。

六国论

　　尝读六国①世家，窃②怪天下之诸侯，以五倍之地、十倍之众，发愤西向，以攻山西③千里之秦，而不免于死亡。常为之深思远虑，以为必有可以自安之计，盖未尝不咎其当时之士虑患之疏④，而见利之浅，且不知天下之势⑤也。

　　夫秦之所与诸侯争天下者，不在齐、楚、燕、赵也，而在韩、魏之郊；诸侯之所与秦争天下者，不在齐、楚、燕、赵也，而在韩、魏之野。秦之有韩、魏，譬如人之有腹心之疾也。韩、魏塞秦之冲⑥而弊山东之诸侯，故夫天下之所重者，莫如韩、魏也。昔者范雎⑦用于秦而收韩，商鞅用于秦而收魏，昭王未得韩、魏之心，而出兵以攻齐之刚、寿，而范雎以为忧，然则秦之所忌者可以见矣。

　　秦之用兵于燕、赵，秦之危事也。越韩过魏而攻人之国都，燕、赵拒之于前，而韩、魏乘⑧之于后，此危道也。而秦之攻燕、赵，未尝有韩、魏之忧，则韩、魏之附秦故也。夫韩、魏，诸侯之障，而使秦人得出入于其间，此岂知天下之势邪？委区区⑨之韩、魏，以当强虎狼之秦，彼安得不折而入于秦哉？韩、魏折而入于秦，然后秦人得通其兵于东诸侯，而使天下偏受其祸。

　　夫韩、魏不能独当秦，而天下之诸侯借之以蔽其西，故莫如厚韩亲魏以摈⑩秦。秦人不敢逾韩、魏以窥齐、楚、燕、赵之国，而齐、楚、燕、赵之国因得以自完于其间矣。以四无事之国，佐当寇

之韩、魏，使韩、魏无东顾之忧，而为天下出身[11]以当秦兵。以二国委秦，而四国休息于内，以阴助其急。若此，可以应夫无穷，彼秦者将何为哉？不知出此，而乃贪疆埸[12]尺寸之利，背盟败约[13]，以自相屠灭。秦兵未出，而天下诸侯已自困矣，至使秦人得伺其隙[14]以取其国，可不悲哉！

题解

　　苏辙所写的一篇论，着重探讨了六国当时应采取的自安之计，全文紧扣"天下之势"，论述了六国中的后方四国在抗秦斗争中理应团结一致抗秦的观点，借古喻今，针砭时政，暗喻了北宋王朝不积极抗御外敌，而是投降妥协，偏安一时的现实。"六国"即指战国时齐、楚、燕、韩、赵、魏六个国家。"六国论"就是论述六国破灭的原因。

字词直通车

　　❶六国：齐、楚、燕、赵、韩、魏。❷窃：私下。❸山西：这里指崤山以西。❹咎：怪罪；疏：粗忽。❺势：大势、形势。❻塞：阻塞，挡住；冲：要冲，军事要道。❼范雎：战国时魏人，后为秦相。❽乘：乘势攻击。❾委：任、托付；区区：小，少。❿摈（bìn）：排除。⓫出身：献身。⓬疆埸（yì）：边界。⓭背盟败约：背叛誓言，撕毁盟约。背，背弃。败，破坏。⓮伺其隙：窥视着六国疲困的可乘之机。

201

译文

六国为什么会被秦灭了呢?

因为六国不团结!

我读过《史记》中六国世家的故事,内心感到奇怪:全天下的诸侯,凭着比秦国大五倍的土地,多十倍的军队,全心全力向西攻打崤山西边面积千里的秦国,却免不了灭亡。我常为这件事作深远的思考,认为一定有能够用来自求安定的计策;我总是怪罪那时候的一些谋臣,在考虑忧患时是这般粗略,图谋利益时又是那么肤浅,而且不了解天下的情势啊!

秦国要和诸侯争夺天下的目标,不是放在齐、楚、燕、赵等地区,而是放在韩、魏的边境上;诸侯要和秦国争夺天下的目标,也不是放在齐、楚、燕、赵等地区,而是放在韩、魏的边境上。对秦国来说,韩、魏的存在,就好比人有心腹的疾病一样;韩、魏两国阻碍了秦国出入的要道,却掩护着崤山东边的所有国家,所以全天下特别看重的地区再也没有比得上韩、魏两国了。从前范雎被秦国重用,就征服了韩国;商鞅被秦国重用,就征服了魏国。秦昭王在还没获得韩、魏的归心以前,却出兵去攻打齐国的刚、寿一带,范雎就认为是可忧的。既然这样,那么秦国忌惮的事情就可以看得出来了。

秦国要对燕、赵两国动用兵力,这对秦国来说是危险的事情;越过韩、魏两国去攻打人家的国都,燕、赵在前面抵挡它,韩、魏就从后面偷袭他,这是危险的

我征服了韩国。

我征服了魏国。

范雎

商鞅

途径啊。可是当秦国去攻打燕、赵时，却不曾有韩、魏的顾虑，就是因为韩、魏归附了秦国啊。韩、魏是诸侯各国的屏障，却让秦国人能够在他们的国境内进出自如，这难道是了解天下的情势吗？任由小小的韩、魏两国，去抵挡像虎狼一般强横的秦国，他们怎能不屈服而归向秦国呢？韩、魏一屈服而归向秦国，从此以后秦国人就可以出动军队直达东边各国，而且让全天下到处都遭受了他的祸害。

韩、魏是不能单独抵挡秦国的，可是全天下的诸侯却必须靠着他们去隔开西边的秦国，所以不如亲近韩、魏来抵御秦国。这样秦国人就不敢跨越韩、魏，来图谋齐、楚、燕、赵四国，然后齐、楚、燕、赵四国，也就因此可以在他们的领域内安定自己的国家了。凭着四个没有战事的国家，协助面临敌寇威胁的韩、魏两国，让韩、魏没有防备东边各国的忧虑，替全天下挺身而出来抵挡秦国军队；用韩、魏两国对付秦国，其余四国在后方休生养息，来暗中援助他们的急难，像这样就可以源源不绝地应付了，那秦国还能有什么作为呢？诸侯们不知道要采行这种策略，却只贪图边境上些微土地的利益，违背盟誓、毁弃约定，互相残杀同阵营的人，秦国的军队还没出动，天下的诸侯各国就已经困住自己了，直到让秦国人能够乘虚而入来并吞了他们的国家，这怎不令人悲哀啊！

范雎的传奇

范雎是战国时期的谋士。

他出身贫寒，周游列国得不到赏识，最后沦为魏国大夫须贾的门客。他跟须贾一同出使齐国，获得齐湣王的赏识，却招来须贾的不满。须贾抓住范雎，说他通敌叛国，差点没把范雎打死。

范雎逃到秦国，等了一年的时间才见到秦昭王。二人见面后，范雎建议秦王应该远交近攻。秦王听后，醍醐灌顶，开始实施"远交近攻"的战略。

首先，秦国采取外交手段与魏国和韩国进行秘密接触，以利益诱使和外交手腕争取他们的支持。范雎本人也积极与魏国和韩国的重要人物建立联系，争取他们的支持。

随着魏国和韩国逐渐归附秦国，秦国的势力逐渐扩大。范雎的智谋和谋略成为秦国取胜的关键因素，他在秦国政务中发挥着重要的作用，为秦国的政治、外交和军事决策提供睿智的建议。

在范雎的指挥下，秦国先后打败了赵国和楚国，逐步消除了其他强国对秦国的威胁。

范雎的智谋和胆识让秦昭王深为赞赏，他被封为相国，成为秦国的重要谋士和统一天下的功臣。范雎利用自己的智慧，为秦国的崛起出了很大的力。

上枢密韩太尉书

太尉执事❶：辙生❷好为文，思之至深，以为文者气之所形，然文不可以学而能，气可以养而致。孟子曰："我善养吾浩然之气。"今观其文章，宽厚宏博，充乎天地之间，称其气之小大。太史公行天下，周览四海名山大川，与燕、赵间豪俊交游，故其文疏荡，颇有奇气❸。此二子者，岂尝❹执笔学为如此之文哉？其气充乎其中而溢乎其貌，动乎其言而见乎其文，而不自知也。

辙生十有❺九年矣。其居家所与游❻者，不过其邻里乡党之人，所见不过数百里之间，无高山大野可登览以自广。百氏之书，虽无所不读，然皆古人之陈迹，不足以激发其志气。恐遂汩没❼，故决然舍去，求天下奇闻壮观，以知天地之广大。过秦、汉之故都，恣观❽终南、嵩、华之高，北顾黄河之奔流，慨然想见古之豪杰。至京师，仰观天子宫阙之壮，与仓廪❾、府库、城池、苑囿❿之富且大也，而后知天下之巨丽。见翰林欧阳公，听其议论之宏辩⓫，观其容貌之秀伟，与其门人贤士大夫游，而后知天下之文章聚乎此也。太尉以才略冠天下，天下之所恃以无忧，四夷之所惮以不敢发，入则周公、召公，出则方叔、召虎，而辙也未之见焉⓬。

且夫人之学也，不志其大，虽多而何为？辙之来也，于山见终南、嵩、华之高，于水见黄河之大且深，于人见欧阳公，而犹以为未见太尉也。故愿得观贤人之光耀⑬，闻一言以自壮，然后可以尽天下之大观⑭而无憾者矣。

辙年少，未能通习吏事。向⑮之来，非有取于斗升之禄，偶然得之，非其所乐。然幸得赐归待选⑯，使得优游数年之间，将以益治其文⑰，且学为政。太尉苟以为可教而辱教之⑱，又幸矣！

题解

宋仁宗嘉祐元年（1056年），苏轼、苏辙兄弟随父亲苏洵去京师，在京城得到了当时文坛盟主欧阳修的赏识。第二年，苏辙与兄苏轼同中进士。苏辙在高中进士后给当时的枢密使韩琦写了一封信，这就是《上枢密韩太尉书》。这是一篇干谒文，文章着重阐释了自己的文学主张——"文者气之所形"，同时表达了对韩琦的仰慕之情及拜见之意，但并没有流露出攀附求官的意思。

字词直通车

❶ 执事：一种敬称。❷ 生（xìng）：通"性"，生性。❸ 颇：很；奇气：奇特的气概。❹ 岂尝：难道曾经。❺ 有：通假字，同"又"。❻ 游：交往。❼ 遂汩没（gǔmò）：因而埋没。❽ 恣（zì）观：尽情观赏。❾ 仓廪（lǐn）：粮仓。❿ 苑囿（yòu）：猎苑。⓫ 宏辩：宏伟善辩。⓬ 而：可是；焉：啊。⓭ 观：看到；光耀：风采。⓮ 尽：看尽；大观：雄伟景象。⓯ 向：先前。⓰ 赐归待选：朝廷允许回乡等待朝廷的选拔。⓱ 益治：更加研究。⓲ 苟：如果；辱教之：屈尊教导我。

译文

写文先养气，文章是气质修养的体现。

太尉执事：我生性喜好写文章，对此想得很深。我认为文章是气的外在体现，然而文章不是单靠学习就能写好的，气却可以通过培养而得到。

孟子说："我善于培养我的浩然之气。"现在看他的文章，宽大、厚重、宏伟、博大，气势充塞于天地之间，同他气的大小相符。司马迁走遍天下，广览四海名山大川，与燕、赵之间的英豪俊杰交友，所以他的文章疏放不羁，颇有奇伟之气。这两个人难道曾经执笔学写这种文章吗？这是因为他们的气充满在内心而溢露到外表，发于言语而表现为文章，自己却并没有觉察到。

我都十九岁了，要去看看外面的世界。

我也去。

我带你们去京城耍。

我今年十九岁了，住在家里时，所交往的不过是邻居同乡这一类人。所看到的不过是几百里之内的景物，没有高山旷野可以登临观览以开阔自己的心胸。诸子百家的书，虽然无所不读，但是都是古人过去的东西，不能激发自己的志气。我担心就此而被埋没，所以断然离开家乡，去寻求天下的奇闻壮观，以便了解天地的广大。我经过秦朝、汉朝的故都，尽情观览终南山、嵩山、华山的高峻，向北眺望黄河奔腾的急流，深有感慨地想

大自然的阅历使我心胸开阔。

爹带你去见见名人贤士。

起了古代的英雄豪杰。到了京城，抬头看到天子宫殿的壮丽，以及粮仓、府库、城池、苑囿的富庶而且巨大，这才知道天下的广阔富丽。见到翰林学士欧阳公，聆听了他宏大雄辩的议论，看到了他秀美奇伟的容貌，同他的学生贤士大夫交游，这才知道天下的文章都汇聚在这里。太尉以雄才大略称冠天下，全国人依靠您而无忧无虑，四方异族国家惧怕您而不敢侵犯，在朝廷之内像周公、召公一样辅君有方，领兵出征像方叔、召虎一样御敌立功。可是我至今还未拜见过您呢！

况且一个人的学习，如果不是有志于大的方面，即使学了很多又有什么用呢？我这次来京城，对于山，看到了终南山、嵩山、华山的高峻；对于水，看到了黄河的深广；对于人，看到了欧阳公；可是仍以没有谒见您而为一件憾事。所以希望能够一睹贤人的风采，就是听到您的一句话也足以激发自己的雄心壮志，这样就算看遍了天下的壮观而不会再有什么遗憾了。

我年纪很轻，还没能够通晓做官的事情。先前来京应试，并不是为了谋取微薄的俸禄，偶然得到了它，也不是自己所喜欢的。然而有幸得到恩赐还乡，等待吏部的选用，使我能够有几年空闲的时间，将用来更好地研习文章，并且学习从政之道。太尉假如认为我还可以教诲而屈尊教导我的话，那我就更感到幸运了。

如果能见到韩太尉，将会受益匪浅啊！

209

北宋一代名臣：韩琦

　　苏辙笔下的韩太尉，名叫韩琦（1008—1075 年），字稚圭，号赣叟，相州人，北宋政治家、词人。

　　韩琦为进士出身，历任重要官职，曾一次弹劾了 4 位宰执。宋夏战争爆发后，他出任陕西安抚使，与范仲淹率军防御西夏，在军中颇有声望，时称"韩范"。

　　西夏请和以后，入朝升任枢密副使，与范仲淹、富弼等主持"庆历新政"。新政失败后，自请出外，在并州时收回辽国冒占的土地，立石为界，并加强防御。仁宗末年再度入朝，迭任枢密使、宰相。

宋英宗时，他参与调和帝后矛盾，确立储嗣之位。宋神宗即位后，王安石变法，他屡次上疏反对。

熙宁八年（1075年），韩琦去世，享年六十八岁。神宗亲撰"两朝顾命定策元勋"之碑，准其配享英宗庙庭。

韩琦为相十载、辅佐三朝，欧阳修赞其"临大事，决大议，垂绅正笏，不动声色，措天下于泰山之安，可谓社稷之臣"，其文"词气典重"，为诗不事雕琢，自然高雅，工于书法，尤善正书，家中聚书上万卷，在安阳筑有"万籍堂"。

《韩魏公集》评价韩琦，"功存社稷，天下后世，儿童走卒，感慕其名"。他为人豁达、能文能武，虽战功赫赫却不矜功自夸，无愧为三朝贤相、社稷功臣。

王安石

文坛的清流，改革的大将

政治家，两度为相，是著名改革者

改革家，推行变法，力求强军强国

收复失地

一生清廉自守，不畏权贵，淡泊名利

性子执拗，执意变法，被称为"拗相公"

其诗扎实沉雄，其词豪放旷远，其文意境深幽

人物介绍

王安石（1021—1086 年），字介甫，号半山，抚州临川县（今属江西省抚州市）人。

主要身份： 北宋时期政治家、文学家、思想家、改革家

主要擅长： 散文、诗歌、词

主要作品： 《临川集》《临川集拾遗》

主要成就： 推行变法，收复五州。

◎ 1021 年

王安石出生在宁江军通判府。他出生时，家人见有一只獾跑进了产房，便给他取了一个小名"獾郎"。他自幼聪颖，酷爱读书，下笔成文。

▶ 1037 年

随父入京，通过同乡、好友曾巩的介绍，获得欧阳修赞赏。

◎ 1042 年

以第四名的成绩进士及第，开始了他的官场生涯。他先后任淮南节度判官、鄞县知县、舒州通判等职。任职期间，他勤政爱民，政绩显著。

▶ ◎ 1058 年

作长达万言的《上仁宗皇帝言事书》，系统地提出了变法主张，但仁宗并未采纳。

◎ 1067 年

宋神宗即位，因久慕王安石之名，任命为江宁知府。九月，诏为翰林学士兼侍讲。

▶ ◎ 1069 年

为参知政事，实施变法。改革措施中青苗法、市易法、三舍法等的实行，有效地增加了国家财政收入，缓解了北宋内忧外患的局面。

◎ 1074 年

因天灾，百姓流离失所，变法遭到群臣反对，神宗对变法产生怀疑，王安石被罢相。

◎ 1076 年

长子王雱病故，王安石极度悲痛。十月，王安石辞去宰相之职，外调镇南军节度使、同平章事、判江宁府后，隐居江宁半山园，不问世事，著书立说、与米芾、李公麟、苏轼等高逸之士结交，过着悠然自得的生活。

◎ 1086 年

病逝于钟山，享年六十六岁。后追赠太傅，获谥"文"，故世称"王文公"。

◎ 1075 年

再次拜相。但是王安石复相后得不到更多支持，加上变法派内部分裂严重，新法很难继续推行下去。

◎ 1085 年

神宗去世，宋哲宗即位，由太皇太后高氏垂帘听政。高太后强烈反对变法，起用司马光为相。新法被全面废除。

游褒禅山记

　　褒禅山亦谓之华山。唐浮图[1]慧褒始舍于其址，而卒葬之，以故，其后名之曰"褒禅"[2]。今所谓慧空禅院者，褒之庐冢[3]也。距其院东五里，所谓华山洞[4]者，以其乃华山之阳名之也。距洞百余步，有碑仆道，其文漫灭，独其为文犹可识，曰"花山"。今言"华"如"华实"之"华"者，盖音谬[5]也。

　　其下平旷，有泉侧出，而记游[6]者甚众，所谓"前洞"也。由山以上五六里，有穴窈然[7]，入之甚寒，问[8]其深，则其好游者不能穷也，谓之"后洞"。予与四人拥火以入，入之愈深，其进愈难，而其见愈奇。有怠而欲出者，曰："不出，火且尽。"遂与之俱出。盖予所至，比好游者尚不能十一[9]，然视其左右，来而记之者已少。盖其又深，则其至又加[10]少矣。方是时，予之力尚足以入，火尚足以明也。既其出，则或咎其[11]欲出者，而予亦悔其随之，而不得极夫[12]游之乐也。

　　于是[13]予有叹焉。古人之观于天地、山川、草木、虫鱼、鸟兽，往往有得，以其求思之深而无不在也[14]。夫夷[15]以近，则游者众，险以远，则至者少。而世之奇伟瑰怪、非常之观，常在于险远，而人之所罕至焉，故非有志者，不能至也。有志矣，不随以止也，然力不足者，亦不能至也。有志与力，而又不随以怠，至于幽暗昏惑，而无物以相[16]之，亦不能至也。然力足以至焉，于人为[17]可讥，而在己为有悔。尽吾志也而不能至者，可以无悔矣，其孰能讥之乎？此予之所得[18]也！

　　予于仆碑，又有悲夫古书之不存，后世之谬其传而莫能名者，何可胜道也哉！此所以学者不可以不深思而慎取之也。

　　四人者：庐陵萧君圭君玉，长乐王回深父，余弟安国平父、安上纯父。

至和元年七月某日，临川王某记。

题解

1054 年，王安石从舒州通判任上辞职，回家的归途中游览了褒禅山，后来以追忆形式写下的一篇游记。该篇游记因事见理，夹叙夹议，其中阐述的诸多思想，不仅在当时难能可贵，在当今社会也具有极其深远的现实意义。

字词直通车

❶浮图：指和尚。❷褒禅：慧褒禅师。❸庐冢（zhǒng）：庐墓，指慧褒弟子在慧褒墓旁盖的屋舍。❹华（huā）山洞：应为"华阳洞"。

⑤ 盖：大概因为；谬（miù）：错误。**⑥** 记游：指在洞壁上题诗文留念。**⑦** 窈（yǎo）然：深远幽暗的样子。**⑧** 问：探究，追究。**⑨** 不能十一：不及十分之一。不能，不及，不到。**⑩** 至：到达的人；加：更，更加。**⑪** 或：有人；咎（jiù）：责怪；其：那，那些。**⑫** 不得：不能；极：尽，这里有尽情享受的意思；夫：这，那。**⑬** 于是：对于这种情况。**⑭** 以：因为；求思：探求、思索；无不在：指思考问题广泛全面。**⑮** 夷：平坦。**⑯** 相（xiàng）：帮助，辅助。**⑰** 于人：在别人（看来）；为：是。**⑱** 得：心得，收获。

译文

褒禅山也叫华山。唐代和尚慧褒当初在这里筑室居住，死后又葬在这里；由于这个缘故，后人就称此山为褒禅山。现在人们所说的慧空禅院，就是慧褒弟子在其墓旁盖的屋舍。距离那禅院东边五里，是人们所说的华阳洞，因为它在华山南面而这样命名。距离山洞一百多步，有一座石碑倒在路旁，上面的文字已剥蚀、损坏近乎磨灭，只有能勉强辨识出"花山"的字样。如今将"华"读为"华实"的"华"，大概是读音上的错误。

是花山。

是华山。

由此向下的那个山洞平坦而空阔，有一股山泉从旁边涌出，在这里游览、题记的人很多，这就叫作"前洞"。经由山路向上五六里，有个洞穴一派幽深的样子，进去便感到寒气逼人，探究它的深度，就是那些喜欢探游的人也未能走到尽头——这是人们所说的"后洞"。我与四个人打着火把走进去，进去越深，前进越困难，而所见到的景象也就更加奇妙。有个懈怠而想退出的伙伴说："再不出去，火把就要熄灭了。"

走，进去看看！

洞穴幽深。

寒气逼人。

华阳洞

万象皆空

奇妙之极！

太奇妙了。

快出去吧！火苗要熄灭了。

于是，只好都跟他退出来。我们走进去的深度，比起那些喜欢探险的人所到的深度来，大概还不足十分之一，然而看看左右的石壁，来此而题记的人已经很少了。洞内更深的地方，大概来到的游人就更少了。当决定从洞内退出时，我的体力还足够前进，火把还能够继续照明。我们出洞以后，就有人埋怨那主张退出的人，我也后悔跟他出来，而未能极尽游洞的乐趣。

对于这件事我有所感慨。古人观察天地、山川、草木、虫鱼、鸟兽，往往有所得益，是因为他们探究、思考深邃而且广泛。平坦而又近的地方，前来游览的人便多；危险而又远的地方，前去游览的人便少。但是世上奇妙雄伟、珍异奇特、非同寻常的景观，常常在那险阻、僻远少有人至的地方，所以不是有意志力的人是不能到达的。虽然有了志气，也不盲从别人而停止，但是体力不足的，也不能到达。有了志气与体力，也不盲从别人、有所懈怠，但到了那幽深昏暗而使人感到模糊迷惑的地方却没有必要的物件来支持，也不能到达。可是，力量足以达到目的而未能达到，在别人看来是可以讥笑的，在自己来说也是有所悔恨的；尽了自己的努力却不能到达目标，就可以没有悔恨了，难道谁还会讥笑吗？这就是我这次游山的收获。

我对于那座倒地的石碑，又感叹古代刻写的文献未能存留，后世讹传而无人弄清其真相的事，怎么能说得完呢！这就是学者不可不深入思考并谨慎地援用资料的缘故。

同游的四个人是：庐陵人萧君圭，字君玉；长乐人王回，字深父；我的弟弟王安国，字平父；王安上，字纯父。

至和元年七月，临川人王安石记。

我还没有逛完！

知识小百科

浮图到底是什么意思？

浮图，也作浮屠，含义很多，但大多跟佛教有关系。

（1）指佛陀，佛教。

《后汉书·西域传·天竺》："其人弱于月氏，修浮图道，不杀伐，遂以成俗。"

南朝梁范缜《神灭论》："浮屠害政，桑门蠹俗。风惊雾起，驰荡不休。"

（2）指和尚。

唐韩愈《韩退之与浮屠文畅师序》："夫文畅，浮屠也。"

王安石《游褒禅山记》："唐浮图慧褒始舍于其址。"

救人一命，胜造七级浮屠。

这是浮图的禅院。

浮图？

就是和尚。

（3）指佛塔。

北魏郦道元《水经注·河水一》："阿育王起浮屠于佛泥洹处，双树及塔，今无复有也。"

宋苏轼《荐城禅院五百罗汉记》："且造铁浮屠十有三级，高百二十尺。"

清李渔《蜃中楼·传书》："你慈悲救苦，俺稽首皈依，胜造个七级浮屠。"

这就是七级浮屠呀。

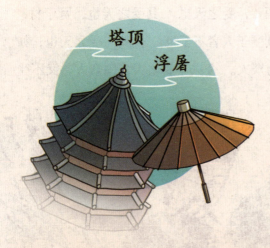

塔顶　浮屠

（4）指伞或旗的顶子，因其形似塔顶，故名。

《金史·仪卫志下》："伞制，皇太子三位妃皆青罗表紫里、金浮图。"

《明史·流贼传·李自成》："标营白帜黑纛，自成独白鬃大纛银浮屠。"

（5）指博戏中掷骰子所成的一种贵彩。

南宋吴曾《能改斋漫录·神仙鬼怪》："章郇公守洪州，尝因晏客，掷骰赌酒。乃自默占，如异日登台辅，即成贵采。一掷得佛面浮图，遂缄秘其骰，至为相犹在。"

伤❶仲永

　　金溪民方仲永，世隶❷耕。仲永生五年，未尝识书具，忽啼求之，父异焉，借旁近与❸之，即书诗四句，并自为其名。其诗以养父母收族为意❹，传一乡秀才观之。自是指物作诗立就❺，其文理皆有可观者。邑人奇之❻，稍稍宾客❼其父，或以钱币乞之。父利其然❽也，日扳仲永环谒❾于邑人，不使学。

　　予闻之也久。明道中，从先人还家，于舅家见之，十二三矣。令作诗，不能称前时之闻❿。又七年，还自扬州，复到舅家，问焉，曰："泯然⓫众人矣。"

　　王子⓬曰：仲永之通悟⓭，受之天也。其受之天也，贤于材人⓮远矣。卒之为众人，则其受于人者不至也。彼其⓯受之天也，如此其贤也，不受之人，且为众人。今夫不受之天，固众人，又不受之人，得为众人而已邪⓰？

题解

金溪农家子方仲永无师自通，提笔写诗。明道二年（1033年）王安石回金溪探亲，在舅舅家他请方仲永作了几首诗，但他有些失望。几年后，王安石再次到金溪探亲。此时方仲永已做回了农民。庆历三年（1043年），王安石从扬州回到临川，想起方仲永的遭遇，写下《伤仲永》一文。文章以仲永为例，告诫人们决不可单纯依靠天资而不去学习新知识，必须注重后天的教育和学习，强调了后天教育和学习对成才的重要性。

字词直通车

❶ 伤：哀伤，叹息。❷ 隶（lì）：属于。❸ 旁近：附近，这里指邻居；与：给。❹ 收族：团结宗族；意：主旨。❺ 指：指定；就：完成。❻ 邑（yì）人：同（乡）县的人；奇：对……感到惊奇 ❼ 稍稍：渐渐；宾客：这里指以宾客之礼相待。❽ 利其然：认为这样是有利可图的。❾ 扳（pān）：通"攀"，牵，引；环：四处，到处；谒：拜访。❿ 前时之闻：以前的名声。

⓫ 泯然：指原有的特点完全消失了。

⓬ 王子：王安石的自称。⓭ 通：通达；悟：聪慧。⓮ 贤：胜过，超过；于：比；材：同"才"，才能。⓯ 彼其：他。⓰ 已：停止；邪：相当于"吗""呢"。

译文

金溪县有个百姓叫方仲永，祖祖辈辈以耕种为生。仲永出生五年，还没有见过书写工具，忽然有一天仲永哭着索要这些东西。他的父亲对此感到惊奇，就向邻居借来书写工具给他。仲永立刻写了四句诗，并且题上自己的名字。

他的诗以赡养父母、团结族人为主旨，传给全乡的秀才观赏。从此，指定事物让他作诗就能立刻完成，并且诗的文采和道理都有值得欣赏的地方。同县的人们对此都感到非常惊奇，渐渐地都以宾客之礼对待他的父亲，有的人花钱求取仲永的诗。方仲永的父亲认为这样有利可图，每天牵着方仲永四处拜访同县的人，不让他学习。

我听到这件事很久了。明道年间，我跟随先父回到家乡，在舅舅家见到他，他已经十二三岁了。我叫他作诗，写出来的诗已经不能与从前的名声相称。又过了七年，我从扬州回到老家金溪，再次到舅舅家去，问起方仲永的情况，他说："方仲永已经完全如同常人了。"

王安石说：仲永的通晓、领悟能力是天赋的。他的才能是上天赋予的，远胜过其他有才能的人。但最终成为一个平凡的人。是因为他后天所受的教育还没有达到要求。像他那样天生聪明，如此有才智的人，没有受到后天的教育，尚且要成为平凡的人。那么，现在那些本来天生就不聪明，本来就是平凡的人，又不接受后天的教育，难道成为普通人就为止了吗？

小时了了，大未必佳

《世说新语》载，东汉末年，北海地方出了一个很博学的人，名叫孔融，从小就很聪明，尤其长于辞令。

孔融十岁那年，跟他父亲到洛阳，当时河南太守李元礼很负盛名，一般人不轻易接见，连守门人都看人下菜碟。

孔融却大胆地去访问这位太守。他到府门前，对守门人说："我是李太守的亲戚，给我通报一下。"守门人通报后，李太守接见了他。

李元礼问他说："请问你和我有什么亲戚关系呢？"孔融回答道："从前我的祖先仲尼（孔子）和你家的祖先伯阳（指老子）有师生之谊，因此，我和你也是世交呀！"当时有很多宾客在座，李氏和他的宾客对孔融的这一番话都很惊奇。

其中有一个太中大夫陈韪恰恰后到，在座的宾客将孔融的话告诉他后，他随口说道："小时候很聪明，长大了未必成才（小时了了，大未必佳。）"

聪明的孔融立即反驳地道："我猜想陈大夫小的时候一定是很聪明的。"陈韪被孔融一句话难住了，半天说不出话来。

后来的人便引用这段故事中的两句话，将"小时了了"引成成语，但因为下文有"大未必佳"，使得这句成语变成了贬义：小时虽然很聪明，等长大了却未必能够成才的。

一个小孩子，先天的聪明自然是好的，但若无后天的培养和自身的努力，也会变成一事无成的人。这不正是王安石伤仲永的立意吗？

答司马谏议书 ❶

　　某启❷：昨日蒙教，窃以为与君实游处❸相好之日久，而议事每不合，所操之术多异故也。虽欲强聒❹，终必不蒙见察，故略上报，不复一一自辨。重念蒙君实视遇厚❺，于反覆❻不宜卤莽，故今具道❼所以，冀君实或见恕也。

　　盖儒者所争，尤在于名实，名实已明，而天下之理得矣。今君实所以见教者，以为侵官、生事、征利、拒谏，以致天下怨谤也。某则以谓受命于人主，议法度而修之于朝廷，以授之于有司❽，不为侵官；举❾先王之政，以兴利除弊，不为生事；为天下理财，不为征利；辟邪说，难壬人❿，不为拒谏。至于怨诽之多，则固前⓫知其如此也。

　　人习于苟且非一日，士大夫多以不恤国事、同俗自媚于众为善，上乃欲变此，而某不量敌之众寡，欲出力助上以抗之，则众何为而不汹汹然？盘庚⓬之迁，胥怨⓭者民也，非特朝廷士大夫而已。盘庚不为怨者故改其度，度义⓮而后动，是⓯而不见可悔故也。如君实责我以在位久，未能助上大有为，以膏泽⓰斯民，则某知罪矣；如曰今日当一切不事事，守前所为而已，则非某之所敢知⓱。

　　无由会晤，不任区区向往⓲之至！

228

题解

　　1069 年二月，王安石开始推行新法，采取一系列改革措施。第二年，司马光给王安石写了长信，要求王安石废弃新法，恢复旧制。王安石则写了此文回复。这篇散文具有深刻的思想内涵和精湛的文学技巧，是王安石回击守旧派的战斗檄文。本文不仅体现了政治家改革家的气质和风度，而且也表现出学问家、散文家的素养和风格。

字词直通车

❶司马谏议：指司马光；谏议：官名，谏议大夫；书：书信。❷启：写信说明事情，启禀，禀告。❸窃：私自；君实：司马光的字；游处（chǔ）：同事交往。❹强聒（guō）：强作解说。❺重（chóng）念：再三想想；视遇厚：看重。❻反覆：指书信往来；卤莽：简慢无礼；卤，通"鲁"。❼具道：详细说明。❽有司：负有专责的官员。❾举：推行。❿难（nàn）：责难；壬（rén）人：指巧辩谄媚之人。⓫固：本来；前：先前。⓬盘庚：商朝中期的一个君主。⓭胥（xū）怨：相怨。胥，皆。⓮度（duó）义：考虑是否合理。⓯是：作动词，认为做得对。⓰膏泽：作动词，施加恩惠。⓱所敢知：愿意领教的。⓲不任：受不住，形容情意深厚；区区，谦词，这里指自己；向往：仰慕。

译文

又来信，让我停止变法。

　　鄙人王安石请启：昨天承蒙您来信指教，我私下认为与君实您交往相好的日子很久了，但是议论起政事来意见常常不一致，这是因为我们所持的政治主张和方法大多不同。虽然想要勉强自辩几句，最终也必定不被您所谅解，所以只简单地给您回信，不再逐一替自己辩护。后来又考虑到蒙您一向看重和厚待我，在书信往来上不宜马虎草率，所以我现在详细地说出我这样做的原因，希望您看后或许能谅解我吧。

　　读书人所争辩的，尤其在于名气是否符合实际，名气符合实际后，天下之间的道理就清晰了。如今您来指教我，是认为我的做法侵犯了官吏们的职权，制造事端，聚敛钱财与民争利，拒不接受意见，因此招致天下人的怨恨和指责。我却认为从皇帝那里接受命令，在朝堂上公开议定法令制度并在朝廷上修改，把它交给有关部门官吏去执行，这不属侵犯官权；效法先皇的贤明政治，用来兴办好事，革除弊端，这不是惹是生非；替国家理财政，这不是搜刮钱财；驳斥错误言论，责难奸佞小人，这不是拒听意见。至于那么多的怨恨和诽谤，我本就预料到它会这样的。

官家放心，我很执着，没人能阻止变法。

变法重任就交给你了。

宋神宗

人们习惯于苟且偷安、得过且过已不是一天的事了。士大夫们多数把不顾国家大事、附和世俗的见解，向众人献媚讨好当作好事，因而陛下才要改变这种不良风气，那么我不去估量反对者的多少，想拿出自己的力量帮助陛下来抵制这股势力，这样一来那么那些人又为什么不对我大吵大闹呢？盘庚迁都的时候，连老百姓都抱怨啊，并不只是朝廷上的士大夫加以反对；盘庚不因为有人怨恨的缘故就改变自己的计划；这是他考虑到迁都合理，然后坚决行动；认为对就不会因为招致非议而后悔的缘故啊。如果君实您责备我因为我在位任职很久，没能帮助陛下干一番大事业，使这些老百姓得到好处，那么我承认自己是有罪的；如果说现在应该什么事都不去做，墨守前人的陈规旧法就是了，那就不是我敢领教的了。

没有机会与您见面，内心不胜仰慕至极！

231

知识小百科

盘庚迁都的故事

商汤建立商朝时，最早的国都在亳，在此后三百年当中，都城一共搬迁五次。这是因为王族内部经常争夺王位，发生内乱；再加上黄河下游常常闹水灾。有一次发大水，把都城全淹没了，所以就不得不搬家。

盘庚即位时，商朝朝堂混乱已久，黄河水患频发，简直是风雨飘摇。盘庚胸怀大志，力图有为，为了改变当时社会不安定的局面，决心迁都。

当盘庚得知殷一带土肥水美，山林有虎、熊等兽，水里有鱼虾时，就决心到此来发展。为了动员迁都，他发表重要演讲。

可是，迁都的命令发布后，大多数贵族贪图安逸，都不愿意搬迁。一部分有势力的贵族还煽动平民起来反对，闹得很厉害。

只有迁都才能复兴商朝。

此地土肥水美，有鱼有野味，适合居住。

盘庚面对强大的反对势力，并没有动摇迁都的决心。他把反对迁都的贵族找来，耐心地劝说他们。后来又发布文告，严厉命令他们服从。终于，马萧萧，车辚辚，他率众西渡黄河来到殷，史称"盘庚迁殷"。

我不迁！我不要离开漂亮的大别墅。

反对搬家！

迁到殷后，他以强硬手段制止贵族们搬回旧都的企图。他还提倡节俭，改良风气，减轻剥削，终于安定局面。

幸福生活就在前方！

同学一首别子固

江之南有贤人焉，字子固，非今所谓贤人者，予慕而友❶之。淮之南有贤人焉，字正之，非今所谓贤人者，予慕而友之。二贤人者，足未尝相过❷也，口未尝相语也，辞币❸未尝相接也，其师若友岂尽同哉？予考❹其言行，其不相似者，何其少也！曰：学圣人而已矣。学圣人，则其师若友必学圣人者。圣人之言行，岂有二哉？其相似也适然❺。

予在淮南，为正之道子固，正之不予疑也。还江南，为子固道正之，子固亦以为然。予又知所谓贤人者，既相似，又相信不疑也。

子固作《怀友》一首遗❻予，其大略欲相扳以至乎中庸❼而后已，正之盖亦常云尔。夫安驱❽徐行，轥❾中庸之庭，而造于❿其堂，舍二贤人者而谁哉？予昔非敢自必其有至也，亦愿从事于左右焉尔，辅而进之，其可也。

噫！官有守⓫，私有系⓬，会合不可以常也。作《同学一首别子固》，以相警⓭且相慰云。

题解

此文是王安石在青年时期所写的一篇赠别之作，虽然是赠别的，但是却没有世俗常见的惜别留念之情。文章写到的曾巩、孙侔两人虽然平时没有来往，却有很多相似之处，而且都相互信任。文中指出这正是"学圣人"的共同之处，同时还表达了作者想和两人建立共同进步、相互勉励、相互鞭策的君子之谊，早点达到圣贤倡导的最高境界。

字词直通车

❶ 慕：仰慕；友：与之交朋友，动词。❷ 相过：拜访，交往。❸ 辞：指书信往来；币：帛，丝织品，指礼品。❹ 考：考察、观察。❺ 适然：理所当然的事情。❻ 遗（wèi）：赠送。❼ 大略：大体上；扳：同"攀"，援引；中庸（yōng）：儒家奉行的中正平和的道德标准。❽ 安驱：稳稳当当地驾车。❾ 辚（lìn）：车轮碾过。❿ 造于：到达。⓫ 守：职守，工作岗位。⓬ 私：私人；系：牵系，系念。⓭ 警：警策，勉励。

译文

江南有一位贤人，字子固（曾巩字子固），他不是现在一般人所说的那种贤人，我敬慕他，并和他交朋友。淮南有一位贤人，字正之（孙侔字正之），他也不是现在一般人所说的那种贤人，我敬慕他，也和他交朋友。

你们是我志同道合的好朋友。

给你介绍一个笔友——孙侔，是不与浊世为伍的贤人。

孙先生有贤德。

这两位贤人，不曾互相往来，不曾互相交谈，也没有互相赠送过礼品。他们的老师和朋友，难道都是相同的吗？我注意考察他们的言行，他们之间的不同之处竟是那么少呀！应该说，这是他们学习圣人的结果。学习圣人，那么他们的老师和朋友也必定是学习圣人的人。圣人的言行难道会有两样的吗？他们的相似就是必然的了。

曾巩是个大隐于朝的贤者。

我愿意与曾巩做笔友。

我在淮南，向正之提起子固，正之不怀疑我的话。回到江南，向子固提起正之，子固也很相信我的话。于是我知道被人们认为是贤人的人，他们的言行既相似，又互相信任而不猜疑。

子固写了一篇《怀友》赠给我，其大意是希望互相帮助，以便达到中庸的标准才肯罢休。正之也经常这样说。驾着车子稳步前进，驶入中庸之学的门庭而进入内室，除了这两位贤人还能有谁呢？我过去不敢肯定自己有可能达到中庸的境地，但也愿意跟在他们左右努力。在他们的帮助下进步，大概能够达到目的。

唉！做官的各有自己的职守，又有个人私事的牵挂，我们之间不能经常相聚。作《同学一首别子固》，用来互相告诫，并且互相慰勉。

知识小百科

儒家的中庸

孔子提倡"天人合一"的中庸之道，认为人应发扬至诚本性，以引发他人和事物的至诚，促进天地万物生长，达到"致中和"的境界。

人与自然也和谐相处，才能达到天人合一。

什么是中庸呢?《中庸》原文之中，提到："喜怒哀乐之未发，谓之中；发而皆中节，谓之和。中也者，天下之大本也；和也者，天下之达道也。"意思就是人的内心没有发生喜怒哀乐等情绪时，称之为"中"，发生喜怒哀乐等情绪时，始终用适中且有节度的态度来节制情绪，就是"和"。"中"的状态即内心激烈的情绪的影响、保持平静、安宁、祥和的状态，是天下万事万物的本来面目。而始终保持"和"的状态，不受情绪的影响和左右，则是天下最高明的道理。

这就是科举考试的题库！

孔子将"中庸"解释为"中立不倚""执两用中""过犹不及"。"中庸"之道阐述了既是中华民族智慧的集中体现，也为人类社会提供了一种和谐共处的理想模式。

君子实行中庸之道，就像走远路一样，必定要从近处开始；就像登高山一样，必定要从低处起步。《中庸》说："射有似乎君子，失诸正鹄，反求诸其身。"意思是说："君子立身处世就像射箭一样，射不中靶子，要回过头来寻找自身技艺的问题。"

孔子曾经感叹："中庸之为德也，其至矣乎！民鲜久矣。"（出自《论语·雍也》）意思是说："中庸作为一种不偏不倚之道，是至高无上的，只可惜，人们失去它已经很久了。"

儒家将中庸之德视为儒家道德修养的最高层次。《中庸》说："故君子尊德性而道问学，致广大而尽精微，极高明而道中庸。"一个人的修为达到了极为高明的境界，才能称得上具有中庸之德。

"中庸"是儒家思想所推崇的"仁""义""礼""信"等几种核心理念之一，也是中国哲学的重要思想之一。

曾巩

耕读乡野、名满天下的『透明人』

文章超众，自成一家，对史传碑志较有研究

新古文运动的骨干；他被朱熹尊为"醇儒"

重视教育，兴建"兴鲁书院"

"作文大神"，文章成为明清公文样板；欧阳修最赏识的学生

身为全家人的希望，引领了"一门六进士"的考场传奇

出名早，未冠而名闻天下

不以书法名世，但有孤本《局事帖》流传

人物介绍

曾巩（1019—1083 年），字子固，世称南丰先生，建昌军南丰（今属江西）人。

主要身份： 北宋史学家、政治家、散文家

主要擅长： 散文、诗词

主要作品： 《元丰类稿》《隆平集》

主要成就： 存散文上千篇，诗四百余首，积极兴教劝学，培养人才。

◎ **1019 年**

　　曾巩出生在一个儒学世家，幼时记忆力超群，读诗书脱口能吟诵。十二岁时，曾尝试写作《六论》，提笔立成，文辞很有气魄。

◎ **1036 年**

　　随父赴京，与同乡、世交之子王安石，结成挚友。二十岁入太学，上书欧阳修并献《时务策》，得到了欧阳修的赏识，成为其学生。

◎ **1047 年**

　　朝廷征召父亲曾易占进京。在路上，其父去世。不久后，其兄也去世。

◎ **1048 年**

　　在时任洪州太守刘沆的资助下，带着四个弟弟、九个妹妹回乡躬耕垄亩，开始了长达十年的耕读岁月。

一读就懂一学就会
唐宋八大家不规矩

一门六进士，当世佳话呀！

曾巩　曾牟　曾布　曾阜　王彦深　王无咎

◎ **1057 年**

欧阳修主持会试，其与弟曾牟、曾布及堂弟曾阜，妹夫王无咎、王彦深同科考中，创造了一门六进士的佳话，轰动朝野。

霸王社

◎ **1073 年后**

历任齐州、襄州、洪州、福州、明州、亳州等地的知州。在越州时，碰上饥荒，下令让富户出售粮食，使饥民能就近购买，解燃眉之急。还筹集了五万钱的资金，借给农户购买种子。任齐州知州时，除掉欺行霸市的"霸王社"。通过曾巩的治理，齐州百姓安居乐业。他为政廉洁奉公，勤于政事，关心民生疾苦。

◎ **1083 年**

曾巩卒于江宁府（今江苏南京），终年六十五岁。

你们看到的《战国策》是我校补的哦。

战国策

◎ **1060 年**

由欧阳修举荐到京师当馆阁校勘、集贤校理，理校出《战国策》《说苑》《新序》《梁书》《陈书》《唐令》《李太白集》《鲍溶诗集》和《列女传》等大量古籍，对历代图书做了很多整理工作，并撰写了大量序文。

爱卿史学不错，就掌管五朝史事吧。

◎ **1080 年**

朝廷认为其史学编修能力高，适宜掌管五朝史事，任为史官修撰，管勾编修院，判太常寺兼礼仪事。

醒心亭^❶记

　　滁州之西南，泉水之涯^❷，欧阳公作州^❸之二年，构亭曰"丰乐"，自为记以见其名之意。既又直丰乐之东几^❹百步，得山之高，构亭曰"醒心"，使巩记之。

　　凡公与州之宾客者游焉，则必即^❺"丰乐"以饮。或醉且劳矣，则必即"醒心"而望。以见夫群山之相环，云烟之相滋，旷野之无穷，草树众而泉石嘉，使目新乎其所睹，耳新乎其所闻，则其心洒然^❻而醒，更欲久而忘归也。故即^❼其所以然而为名，取韩子退之《北湖》之诗云。噫！其可谓善取乐于山水之间，而名之以见其实^❽，又善者矣！

　　虽然，公之乐，吾能言之。吾君优游而无为于上，吾民给足^❾而无憾于下，天下学者皆为才且良，夷狄^❿鸟兽草木之生者皆得其宜，公乐也。一山之隅，一泉之旁，岂公乐哉？乃公所寄意于此也。

　　若公之贤，韩子殁^⓫数百年而始^⓬有之。今同游之宾客，尚未知公之难遇也。后百千年，有慕公之为人，而览公之迹，思欲见之，有不可及之叹，然后知公之难遇也。则凡同游于此者，其可

不喜且幸欤？而巩也，又得以文词托名于公文之次，其又不喜且幸欤！

庆历七年八月十五日记。

题解

宋仁宗庆历七年（1047年）夏秋间，曾巩随父北上，在赴京途中曾巩去滁州拜访了欧阳修，流连二十天。这篇文章就是在滁州应欧阳修之请而作。文章描写欧阳修等人登亭游山的乐趣，热情地赞扬了欧阳修忧国忧民，以普天下之乐为乐，而不愿一己独乐的宽阔胸怀，也透露了作者对自然恬静生活的向往。

字词直通车

① 醒心亭：古亭名。**②** 涯：边际。**③** 作州：任知州。**④** 几：将近，接近。**⑤** 即：到达。**⑥** 洒然：诧异貌。**⑦** 即：如果，假如。**⑧** 其实：这个地方真实的情景。**⑨** 给（jǐ）足：富裕，丰足。**⑩** 夷狄（yídí）：泛指少数民族。**⑪** 殁（mò）：死。**⑫** 始：才。**⑬** 托名：假托他人而扬名。

译文

在滁州的西南方向，一泓泉水的旁边，有欧阳公在任知州的第二年，建造了一个名叫"丰乐"的亭子，并亲自作记，以表明这个名称的由来。不久以后，又在丰乐亭的东面几百步，找到一个山势较高的地方，建造了一个叫"醒心"的亭子，让我作记。

你来给醒心亭作个记。

每逢欧阳公与州里的宾客们到这里游览，就肯定要到丰乐亭喝酒。有时喝醉了，就一定要登上醒心亭眺望。只见群山环抱、云雾相生、旷野无垠、草木茂盛、山石嶙峋、泉水嘉美，美景使人眼花缭乱，淙淙的泉声使人为之一振。于是心胸顿觉清爽，心情也仿佛从沉睡中苏醒，更想久留而不返回了。所以就根据这个缘故给亭命名为"醒心亭"，源自韩退之的《北湖》诗。啊！这真称得上是善于在山水之间寻找快乐，名字契合所见到的美景来给它命名吧，这就更有水平了。

心旷神怡呀！

醒酒效果不错！

曾巩——耕读乡野、名满天下的「透明人」

　　尽管这样，我是能够说出欧阳公真正的快乐的。我们的皇帝在上悠然自得，无为清静；我们的百姓在下丰衣足食，心无不满；天下的学者都能成为良才；四方的族裔及鸟兽草木等生物都各得其宜。这才是欧阳公真正快乐的原因啊！一个山角落，一汪清泉水，哪里会是欧阳公的快乐所在呢？他只不过是在这里寄托他的感想啊！

　　像欧阳公这样的贤人，韩退之死后几百年才出现一个。今天和他同游的宾客还不知道欧阳公那样的贤人是很难遇到的。千百年后，有人仰慕欧阳公的为人，瞻仰他的遗迹，而想要见他的人，就会因没有与他同时代而遗憾。到那时，才知道欧阳公这样的人才真难得。如此说来，凡是现在与欧阳公同游的人，能不感到欢喜和幸运吗？而我曾巩又能够用这篇文章附名在欧阳公文章的后面，怎能不欢喜和庆幸吗？

　　宋仁宗庆历七年八月十五日记。

知识小百科

韩愈的《北湖》诗

《北湖》全名是《奉和虢州刘给事使君三堂新题二十一咏·北湖》，是唐代韩愈创作的诗词。诗曰：

闻说游湖棹，寻常到此回。

应留醒心处，准拟醉时来。

北湖在湖南郴州，湖泊清澈，山影婆娑，绿树成荫，花香袭人。每当夜幕降临，月光洒在湖面上，湖光山色相映成趣，宛如一幅美丽的画卷。

唐贞元二十一年（805年），韩愈从广东阳山来郴州待命，与郴州刺史李伯康泛游北湖，叉鱼为乐，写下了不少诗篇。这首诗描绘了他们在湖上叉鱼的欢乐场景，也展现了韩愈的闲适心情和对大自然的热爱。

欧阳修被谪滁州后，建造亭台，取名为醒心亭，"醒心"二字就是出自韩愈的这篇《北湖》诗。可见当时欧阳修的心情与韩愈类似，虽处谪宦之中，但仍保持闲适和超脱的人生态度。

如今，北湖公园内有一座小岛，岛上建有一座亭子，名曰"叉鱼亭"。这个亭子是后人为了纪念韩愈而建的。

墨池记

临川之城东，有地隐然①而高，以临于溪，曰新城。新城之上，有池洼然②而方以长，曰王羲之③之墨池者，荀伯子《临川记》云也。羲之尝慕张芝④，临池学书，池水尽黑，此为其故迹，岂信然⑤邪？

方羲之之不可强以仕⑥，而尝极⑦东方，出沧海，以娱其意于山水之间，岂有徜徉肆恣⑧，而又尝自休于此邪？羲之之书晚乃善，则其所能⑨，盖亦以精力自致者，非天成也。然后世未有能及者，岂其学⑩不如彼邪？则学固⑪岂可以少哉，况欲深造道德者邪？

墨池之上，今为州学舍。教授王君盛恐其不章⑫也，书"晋王右军墨池"之六字于楹⑬间以揭⑭之，又告于巩曰："愿有记。"推王君之心，岂爱人之善，虽一能不以废，而因以及乎其迹邪？其亦欲推⑮其事以勉其学者邪？夫人之有一能，而使后人尚⑯之如此，况仁人庄士之遗风余思，被于来世者何如哉！

题解

墨池在江西省临川县，相传是东晋大书法家王羲之洗笔砚处。曾巩钦慕王羲之的盛名，于庆历八年（1048年）九月，专程来临川凭吊墨池遗迹，并根据王羲之的逸事，写下了这篇散文。文章从传说中王羲之墨池遗迹入笔，巧妙机智地借题发挥，说明人的成功取决于后天的不懈努力，顺理成章地强调了学习的重要性。

字词直通车

❶ 隐然：不显露的样子。❷ 洼然：低深的样子。❸ 王羲之：321—379年，晋代有名的大书法家。❹ 张芝：东汉末年书法家，善草书，世称"草圣"。❺ 信然：果真如此。❻ 强以仕：勉强要（他）做官。❼ 极：穷尽。❽ 肆恣：任意，尽情。❾ 所能：能够达到这步。❿ 学：指勤学苦练。⓫ 固：原来，本。⓬ 章：通"彰"，显著。⓭ 楹（yíng）：房屋前面的柱子。⓮ 揭：挂起，标出。⓯ 推：推广。⓰ 尚：尊重，崇尚。

译文

　　临川郡城的东面有一块地微微隆起，并且靠近溪流，叫作新城。新城上面有个池子低洼呈长方形，说是王羲之的墨池，荀伯子《临川记》里有记载。羲之曾经仰慕张芝"临池学书，池水尽黑"的精神，（现在说）这是羲之的（墨池）遗址，难道是真的吗？

这真的是王羲之的墨池？

王羲之学池

　　当羲之不愿勉强做官时，曾经游遍东方，出游东海，在山水之间愉悦他的心情。莫非他在尽情游览时，曾在这里停留过？羲之的书法到晚年出神入化，可见他能达到这步，大概也是靠他自己的精神和毅力取得的，并不是天生的。但是后代没有能够赶上他的人，是不是后人学习下的功夫不如他呢？那么学习的功夫难道可以少下吗？何况想在道德修养上深造的人呢？

琅琊
建康
武昌
会稽
临川
书圣王羲之

希望学生能像王羲之一样勤学苦练，学有所成。

先生用心良苦。我必定会好好写一篇记。

墨池的前方，现在是抚州州学的校舍，教授王盛先生担心墨池不能出名，写了"晋王右军墨池"六个字挂在屋前两柱之间，又请求我说："希望您写一篇（墨池）记。"推测王先生的用心，是不是钦慕别人的优点，即使是一技之长也不让它埋没，因而推广到王羲之的遗迹呢？莫非也想推广王羲之的事迹来勉励那些学员吗？一个人有一技之长，就能使后人像这样尊重他；何况那些品德高尚、行为端庄的人，遗留下来令人思慕的美好风范，对于后世的影响那就更不用说了！

写得好哇！

真厉害！

知识小百科

王羲之的洗砚池

洗砚池，又名"砚池""鹅池"，位于山东省临沂市砚池街王羲之故居内，为全国重点文物保护单位。

这么大的池子都变成了墨色，这孩子练字真刻苦。

相传晋代书法家王羲之幼年刻苦练字，经常到池中洗刷砚台，天长日久池水呈墨色，于是人们名之为"洗砚池"。古代文人又称之为"鹅池"，这是因为王羲之喜欢养鹅。

元代诗人画家王冕曾作诗道："吾家洗砚池头树，朵朵花开淡墨痕。不要人夸好颜色，只留清气满乾坤。"其中"洗砚池头树"用的就是王羲之苦练书法的典故。

如果握笔像鹅的姿态那样呢？

王羲之"临池学书，池水尽黑"，历代传为佳话。王羲之自幼爱习书法，由父王旷、叔父王廙启蒙。七岁善书，十二岁窃读父亲藏在枕中的前代《笔论》。王旷善行、隶书；王廙擅长书画。南朝齐时著名书法家王僧虔《论书》曾评："自过江东，右军之前，惟廙为最，画为晋明帝师，书为右军法。"王羲之从小就受到王氏世家深厚的书学熏陶。

后来，王羲之的书法超越前人，集书法之大成，其字"飘若浮云，矫若惊龙"。他的代表作《兰亭序》有"天下第一行书"的美誉，他被后人称为"书圣"。

学舍记

予幼则从先生受书。然是时，方乐与家人童子嬉戏上下，未知好也。十六七时，窥六经❶之言与古今文章，有过人者，知好之，则于是锐意欲与之并❷。而是时，家事亦滋出。自斯以来，西北则行陈、蔡、谯、苦、睢、汴、淮、泗，出于京师；东方则绝江舟漕❸河之渠，逾五湖❹，并封、禺、会稽之山，出于东海上；南方则载大江，临夏口而望洞庭，转彭蠡❺，上庾岭，由浈阳之泷，至南海上。此予之所涉世而奔走也。蛟鱼汹涌湍石之川，巅崖莽林貙虺❻之聚，与夫雨旸寒燠❼风波雾毒不测之危，此予之所单游远寓，而冒犯❽以勤也。衣食药物，庐舍器用，箕筥❾碎细之间，此予之所经营以养也。天倾地坏❿，殊州独哭，数千里之远，抱丧而南，积时之劳，乃毕大事，此予之所构祸⓫而忧艰也。太夫人所志，与夫弟婚妹嫁，四时之祠，属人外亲⓬之问，王事之输，此予之所皇皇而不足也。予于是力疲意耗，而又多疾，言之所序，盖其一二之指也。得其闲时，挟书以学，于夫为身治人，世用之损益，考观讲解，有不能至者。故不得专力尽思，琢雕文章，以载私心难见之情，而追古今之作者为并，以足予之所好慕，此予之所自视而嗟也。

今天子至和之初，予之侵扰多事故益甚，予之力无以为，乃休于家，而即其旁之草舍以学。或疾其卑，或议其隘者。予顾而笑曰："是予之宜也。予之劳心困形以役于事者，有以为之矣。予之卑巷穷庐，冗衣粝⓭饭，芑苋⓮之羹，隐约而安者，固予之所以遂⓯其志而有待也。予之疾则有之，可以进于道

253

者，学之有不至。至于文章，平生所好慕，为之有不暇也。若夫土坚木好高大之观，固世之聪明豪隽挟长而有恃者所得为，若予之拙，岂能易而志彼哉？"遂历道其少长出处，与夫好慕之心，以为《学舍记》。

题解

作者追述了家事迭出、奔波四方的艰辛，表达了愿与古今作家并驾齐驱、以文章名世的雄心壮志。作者回首往事，善于在那些最能牵动感情的人生关头上着笔，既富概括力，又易打动读者。

字词直通车

❶ 六经：指《易》《书》《诗》《礼》《乐》《春秋》六部儒家经典。

❷ 并：比肩。 ❸ 漕（cáo）：指用船运粮及其他物资。 ❹ 五湖：指太湖及其附近湖泊。 ❺ 彭蠡（lǐ）：湖名，即今江西鄱阳湖。 ❻ 貙（chū）豸（huǐ）：虎豹、毒蛇，泛指猛兽。 ❼ 燠（yù）：热，暖。 ❽ 冒犯：冲犯，这里指遇到各种困难。 ❾ 筥（jǔ）：圆形的竹筐。 ❿ 天倾地坏：喻指父亲去世。 ⓫ 构祸：遭遇祸患。 ⓬ 外亲：女系亲属。 ⓭ 砻（lóng）：磨稻去壳的工具。 ⓮ 芑（qǐ）苋（xiàn）：两种野菜名。 ⓯ 遂：符合。

译文

我再玩一会儿。

我年幼时便跟随老师读书，然而那时候，正以与家族同龄的小孩们打打闹闹、四处玩耍为乐，对读书的机会还不懂得珍惜。十六七岁时，看出六经中的话与古今作家的文章有超越常人的见解，才懂得读书，从此一心一意希望将来能与古今作家并驾齐驱。然而这时候，家中不幸的事连续发生了。从那以来，西北方我到过陈州、蔡州、谯县、苦县，睢水、汴水、淮水、泗水流域，到达京师开封；东方我渡过大江，放舟运河，越过五湖，沿着封山、禺山、会稽山，到达东海边；南方我乘船沿长江而上，抵达夏口，远望洞庭湖，再转向彭蠡泽，登上大庾岭，由浈阳到泷水，直达南海之滨。这便是我进入社会以来而奔走四方的情形。那蛟鱼伏藏、波涛汹涌、激流转石的大河，那高峻的山岩、莽莽的林野，以及猛兽毒蛇聚居之地，加上雨淋日晒，严寒酷暑，江河中的风波和浓雾瘴毒，到处是难以预料的危机，这便是我只身漂泊、寄居远方，而遇到的各种艰难困苦。衣食药物、房屋用具，以及簸箕篾筐之类琐碎的小事，都是我必须操办而用以养家糊口的。那年，父亲忽然病故，一下子仿佛天倾地裂，我在他乡独自呼抢痛哭，从数千里之外，运着父亲的灵柩南归，又经过多时的操劳，才完成安葬的大事，这就是我遭家祸而丧父的情形。继母广大门楣的愿望，以及弟弟结婚，妹妹出嫁，四季的祭祀，族亲间的问候庆吊，向官府缴租纳税，这些就是我终日忙忙碌碌还办不完的。我因此被弄得精疲力竭，加上又多病，所能用言语叙述的，只不过是其中一两点大致的情况。得到一点空闲时间，拿起书本学习，

读书真的很重要。

二哥，家里出事了。

对于如何立身治民，对社会现存的一切何者当增、
何者当损，在诸多方面我都未能加以考究观
察、讨论分析。故而也就不能
专心致志地琢磨文章，用以抒
发个人心中难于表现的情志，从而追
赶古今的作家，取得可与他们相媲美的成
绩，以满足我的爱好和向往，这就是我回
顾自己而深为叹息的。

好想家呀！

当今皇帝至和初年，我所受到的干扰和事故之多更加严重，我的力量
实在无法应付，于是只得在家休息，而到宅旁的草屋里读书。有人嫌这屋
子太低矮，也有人说它太窄小，我回
头笑着说："这对我来说是很适合的
了。我多年心神操劳、身体困乏，而
为家事役使奔走，是想有所作为，我
居住小巷陋室，破衣粗食，吃野菜汤，
虽穷困而仍然安心，自然是想实现自
己的志向而等待着机会。我所遗憾倒
也是有的，那就是本可掌握圣贤们的
大道，可是学问还达不到。至于文

父亲母亲，你们
放心，弟弟妹妹
已经平安长大。

章，是我平生的爱好和向往，倒是常常写作而没有空闲过。至于那建筑坚
固、木材美好、高大壮观的房舍，本是世上那些聪明豪俊、有优越条件和
强大势力可以依靠的人才能修得
起的，像我这样愚拙的人，怎么
轻易办到而去想入非非呢？"
于是我一一叙述了自己从
少小到成年的经历，以及个
人的爱好和向往之心，写
成这篇《学舍记》。

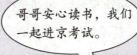

哥哥安心读书，我们
一起进京考试。

知识小百科

古人的取名雅趣

古人为了显示高雅，常常为书斋、学阁、居舍、处所等地取一个寓意深刻的名字或题记，乃至勒铭志碑，并且留下了许多脍炙人口的佳作和佳名。取室名可以称为历代文人的雅趣之一。

就叫盘龙斋了。

据《晋书》记载，桓玄昔日在南州兴建斋房，在斋房上全部画上盘龙图案，号称盘龙斋。盘龙斋大概是有据可考的最早的一个书斋号了。

王维

唐宋以后，这种风气更加兴盛。常用的雅号有：斋、屋、居、室、堂、馆、阁、轩、园、亭、庐等。文人墨客取室名通常分为四大类。

第一类是以房子的形状环境等实际居住情况命名。如唐代诗人王维的房屋周围有竹林，故居室起为：竹里馆。明代著名出版家安国，居室后面有二里地的丛桂，因此名为"桂坡馆"。

第二类根据寓意起名。如刘禹锡的居室名为"陋室"，蒲松龄称自己的书斋为"聊斋"，南宋诗人陆游的书斋名为"老学庵"。

蒲松龄

第三类以收藏书来命名。金代文学家元好问多收藏野史，因此取名"野史亭"。乾隆的"三希堂"，因藏有书法家王羲之、王珣、王献之三件稀世墨宝而得名。

第四类以所敬之人命名。明代文学家袁宗道极为推崇白居易和苏轼，就给居室起名叫"白苏斋"。

如此稀世珍宝，我要留名！

古代学者名流都喜欢有感而发，为所居所住所乐的地方，大书特书一笔，笔下文字异彩纷呈，让人读来往往身临其境，如在眼前。

袁宗道

两人我都崇拜，书房就叫"白苏斋"吧。

诸如白居易谪贬江州司马聊作《草堂记》，陆游罢逐山阴讥撰《书巢记》，叶适由两句谣谚生出《留耕堂记》，归有光咏叹百年老屋遂题《项脊轩志》，而刘克庄、林景熙则代友人记事著成《味书阁记》和《鞍山斋记》……名篇佳构，不胜枚举。

其中唯唐人刘禹锡的《陋室铭》堪称千古绝唱。其篇首四句"山不在高，有仙则名。水不在深，有龙则灵"堪称至理名言，不知启迪了多少莘莘学子，仁人志士。

恰恰因这些文章中斋舍的主人往往是先哲圣贤，一代名士，以及撰记者自身，所以其行文落墨常给人以情感真挚，题旨深邃，余味无穷的意境与情趣。

山不在高，有仙则名。水不在深，有龙则灵。

先生的文章寓意深远。

赠黎安二生序

赵郡❶苏轼，余之同年❷友也。自蜀以书至京师遗❸余，称蜀之士曰黎生、安生者。既而黎生携其文数十万言，安生携其文亦数千言，辱❹以顾余。读其文，诚闳❺壮隽伟，善反复驰骋，穷尽事理，而其才力之放纵，若不可极者也。二生固可谓魁奇特起之士，而苏君固可谓善知人者也。

顷之❻，黎生补江陵府司法参军❼，将行，请予言以为赠。余曰："余之知生，既得之于心矣，乃将以言相求于外邪？"黎生曰："生与安生之学于斯文，里之人皆笑以为迂阔。今求子之言，盖将解惑于里人。"余闻之，自顾而笑。

夫世之迂阔❽，孰有甚于余乎？知信乎古而不知合乎世，知志乎道❾而不知同乎俗，此余所以困于今而不自知也。世之迂阔，孰有甚于余乎？今生之迂，特以文不近俗，迂之小者耳，患为笑于里之人。若余之迂大矣，使生持吾言而归，且重得罪，庸诅❿止于笑乎？然则若余之于生将何言哉？谓余之迂为善，则其患若此；谓为不善，则有以合乎世，必违乎古；有以同乎俗，必离乎道矣。生其无急于解里人之惑，则于是焉必能择而取之⓫。

遂书以赠二生，并示苏君以为何如也。

260

题解

　　这是一篇应黎生、安生之求而写的赠序。安生和黎生一同学习古文，遭到时人非议，他们受到苏轼的举荐，从四川来京师拜访曾巩。不久后，黎生补任江陵府司法参军。分别前，曾巩应黎生、安生之请，写了这篇著名的文章，热情鼓励后辈要有勇气走自己的路。

字词直通车

①赵郡：即赵州。②同年：科举时代同榜或同一年考中者。③遗（wèi）：赠予。④辱：谦辞，屈尊。⑤闳（hóng）：宏大。⑥顷之：不久。⑦司法参军：官名，掌刑法。⑧迂（yū）阔：迂远而不切实际。⑨道：指圣人之道，即儒家学说。⑩庸讵（jù）：难道，怎么。⑪择而取之：指在古文、儒家之道与时文，世俗之间的选择。

译文

赵郡苏轼，是我同年考中的朋友。他从四川写信到京师给我，赞扬四川的两位年轻人黎生和安生。不久，黎生携带了他的几十万字的文章，安生也携带了他的几千字的文章，屈尊来拜访我。

> 将这封信交给南丰先生。

> 气势磅礴，说理深透，好文章呀！

我读了他们的文章，的确是宽广雄壮、意味深长，善于呼应，气势奔放，充分表达了事实和道理，而他们的才力豪放纵逸，好似没有尽头。二人可以算得是卓尔不凡的读书人翘楚了，苏君因此也可以说是善于识别人才的人了。

不久，黎生补缺江陵府的司法参军，即将远行的时候，请我写几句话相赠。我说："我对你的了解，已经放在内心深处了，还需要用文字形式加以表达吗？"黎生说："我和安生都学习这种为文之道，同乡都讥笑我们，认为不切合实际。现在请求您赠言，是想改变同乡邻里的看法。"我听

> 先生，同乡讥笑我们的文章，请写几句赠言吧！

> 不要在意别人的看法。

不要取悦于世俗，也不要怕被笑，选择你们自己的道。

谨遵先生教诲。

了这些话，想想自己，不禁笑了。

世间不切合实际的人，还有比得上我吗？只知道相信古人，却不知道迎合当世；只知道记住圣贤之道，却不知道随同世俗。这就是我现在还遭受困厄的缘故，而且自己还不自知啊！世间不切合实际的人，还有比得上我吗？如今你们的不切实际，仅仅是由于文章不接近世俗，这不过是不切合实际中的小事罢了，还担忧被同乡讥笑。像我的不切合实际可就大了，假使你拿着我的信回去，将要受到更多的指责，哪里还只是被讥笑？那么像我这样的人，准备对于你们说些什么好呢？如果说我的不切合实际是好事，那么它的后患就是这样明显；如果说它不好，那么就可以迎合世俗，但一定违背古道，有随同世俗的地方，就一定背离圣贤之道了。你们还是先做好自己的事，不要急于解除同乡的疑惑，那么这样，就能够选择而取其正确的途径。

于是，我写了这些话来赠送给两位，并给苏君看看，听听他认为怎么样呢？

记得给东坡先生看看。

知识小百科

曾巩为何能入选唐宋八大家？

唐宋八大家中，韩愈、柳宗元、欧阳修、苏家父子三人、王安石几乎是家喻户晓。比如，"天街小雨润如酥"出自韩愈之手，倡导古文运动的是他，他的《师说》早在中学就被大家背得滚瓜烂熟；柳宗元的《捕蛇者说》《小石潭记》，以及他的《江雪》中的名句，"千山鸟飞绝，万径人踪灭"，无人不知，无人不晓；欧阳修的《醉翁亭记》是千古名篇；王安石"爆竹声中一岁除"小学生都会背，人人皆知王安石变法；三苏更是被历代传颂……

曾巩呢？课本上要求"全文背诵"的没有他的文章，现代人很少知道他的作品。

唐宋八大家除了韩、柳是唐朝人，其余六人皆是宋人，而且是同一时代的人。同时代的欧阳修、王安石、苏轼等大家对曾巩的高度评价，也从侧面印证了他的非凡才能和成就。

王安石曾说"曾子文章众无有，水之江汉星之斗"；欧阳修曾对曾巩说"过吾门者百千人，独于得生为喜"；苏轼对曾巩也是赞不绝口："醉翁门下士，杂沓难为贤。曾子独超轶，孤芳陋群妍"，意思是欧阳修门下弟子不少，能称之为贤的基本没有，只有曾巩一朵孤芳，简直甩他人几

欧阳修：曾巩是我最喜欢的学生。

王安石：曾巩文章写得好！

苏轼：曾巩真乃贤才！

条街。加上他廉洁奉公，勤于政事，关心民生疾苦，是不可多得的地方官。曾巩在当时可谓"名动天下"，堪与苏轼齐名。

南宋儒学集大成者、理学家朱熹评价他：公之文高矣，自孟、韩以来，作者之盛未有至于斯。也就是说他的文章是孟子、韩愈以来写得最好的。他的文章最初并没有被格外重视。

明朝时，文学家茅坤选取了唐宋时期八位散文名家的作品编撰成《唐宋八大家文钞》。自此开始出现"唐宋八大家"的名号。但曾巩排名最后。

茅坤：新书出炉！唐宋八大家了解一下？

我要看！

我要看！

唐宋八大家文钞

张伯行：东南第一学府教材来啦。

新编撰的《唐宋八大家文钞》

曾巩的文章是写作文的典范。

清初，被誉为"天下清官第一"的张伯行编辑的《唐宋八大家文钞》，选录曾巩的文章一百二十八篇，几乎等同于宋代其他五大家选文的总和。

清代，最富影响的桐城派作家更注重"义法"，遂将曾文奉为楷模。由此我们也可以看出曾巩入选唐宋八大家并不是"凑数"，而是有着自己独特的魅力与价值。